瑞蘭國際

瑞蘭國際

Méthode
FLE ILFBC-ESBC France Tome I
法語好好學 I

法國中央區布爾日天主教綜合教育學院(ESBC)
蔣若蘭 Isabelle MEURIOT-CHIANG、陳玉花 Emmanuelle CHEN
編著

Préface

Chers lecteurs,

L'ESBC est un établissement très renommé en France par sa réussite éducative et ses résultats aux examens. Depuis 1859, il transmet de génération en génération cette recherche de l'excellence dans les différents domaines de l'éducation et cherche constamment à innover dans sa pédagogique afin de répondre aux besoins des nouvelles générations.

Depuis 2007, l'ESBC propose à Bourges, en région Centre, berceau de la langue française, un accueil privilégié d'étudiants taïwanais qui viennent apprendre le Français.

Ce manuel scolaire est le résultat de nombreuses années d'échanges. Il va vous permettre de progresser en langue française en stimulant le plaisir d'apprendre.

Pour apprendre dans les meilleures conditions, il est important d'avoir de bons supports pédagogiques. Raison pour laquelle, je suis très heureux de l'édition de ce manuel attractif avec une mise en page claire. Il est en effet primordial pour l'élève comme pour le professeur de français de s'y retrouver facilement et d'avoir des repères facilement identifiables pour trouver les informations clés de chaque leçon.

Vous faites le choix d'apprendre la langue de Molière et je vous félicite.

Ce manuel va vous permettre d'apprendre tous les mots indispensables pour mener facilement une conversation mais surtout vous ouvrir tout un monde, un monde de culture humaniste et universaliste.

Bien à vous,

Arnaud PATURAL

Directeur Général ESBC

前言

致　親愛的讀者，

1859年，ESBC綜合學院建校，至今，我們始終堅持卓越的教育品質，且致力於打造與時俱進、最適合新生代的教育方式。學生傑出的表現和優異的成績，使我們備受肯定，校名遠揚。

2007年開始，ESBC就在中央區布爾日這個法語搖籃裡，接待來自台灣的法語學習者。多年的交流經驗讓我們對這份教材深具信心，能讓學生在法語進步的同時，享受學習的樂趣！

「工欲善其事，必先利其器。」好的教材讓您事半功倍。因此，我十分樂見這本內容豐富有趣、版面簡潔俐落的教材出版。《法語好好學》不管是學生還是法語老師都能快速上手，在清楚的標示裡找到每一課的核心重點，輕鬆學習所有與人對話的關鍵詞彙。

最後，想恭喜您選擇學習莫里哀的語言，我們將向您展示一個世界：一個人道、普世主義的文化世界！

祝　安好

ESBC總校長

Arnaud PATURAL

如何使用本書

對於會說法語的人來說，最常聽見的一句話是：「你會說法語！」、「你好厲害！」表示在許多人的印象中，學習法語是困難且不容易的事情。藉由《法語好好學》，我們想帶領學習者體驗法語是容易學習的優美語言。

1. 發音：

在本書一開始的「法語發音初體驗」中，我們先學習法語的字母與特殊符號，從而認識法語字母的書寫體並練習書寫，而法語與英語的書寫體不盡相同，練習書寫時要特別注意。

針對非法語為母語的學習者，一般老師在教學法語時會使用音標符號，但是對於法語為母語的學習者而言，法語的發音其實是有規則性的，不需要借助音標。因此，本單元將發音規則系統做了整理，讓非法語為母語的學習者也能像法語為母語的學習者一樣學習發音。那麼，且跟著本書的音檔，跟著法籍錄音老師一起學習標準的法語發音吧！

2. 單字：

本書每一課的開始為單字，請學習者先聆聽音檔，聽音檔中法籍老師的朗讀，試著聽出字母的組合，然後再看課本中正確的拼讀。每次開始新的單元，都請先聽音檔中的朗讀，再寫出字母組合，最後查看答案。藉由這樣的練習，可以熟悉發音規則，也可增強聽力。

3. 文法：

本書將動詞變化以及文法概念視為組織一個句型前的重要工作，因此動詞變化要熟記、文法概念要清楚。首先，要覺得學習法語很容易，就是要將動詞變化背誦到不用思考的熟練度，而動詞變化也可以依靠播放音檔跟著朗讀來背誦。再來，文法概念則可以在做句型練習時不斷反覆確認，便能漸漸地建立正確的法語文法概念。

4. 句型：

本書將句型分成兩個部分，分別是法文翻譯成中文的「Comment on dit en français?」（用法語怎麼說？）以及中文翻譯成法文的「Essayez de traduire.」（小試身手）。這是希望從法語的例句來學習法語，然後試著翻譯並寫出句子的中文意思，以達到融會貫通的目標。

由於中文與法文的文法及語言習慣不盡相同，再舉一個例子，法語的「Bonjour」字面上的意思是「日安」，但其實「Bonjour」就是在白天的問候語，相對應的中文是「你（您）好！」，因此本書會帶領學習者照著法語的例句及中文的引導，試著用法語造句。舉例來說，如果要用法文造句中文的「我很好。」，由於其相對應的法語是「Je vais bien.」，因此需用「aller」動詞來詢問身體狀況。也就是說，在這個部分，會帶領學習者同步了解法語句子與學習翻譯。

5. 影片劇本：

經過「單字」、「文法」、「句型」的練習之後，影片劇本是讓學習者活用法語的單元。請先聆聽法籍錄音老師的對話音檔，並嘗試理解對話的內容，然後透過觀看影片，再次藉由情境理解對話，最後與同學一起練習對話，讓法語學習更有真實感。

本書的編排在每個學習單元之間都有關聯，學習者依照每一課的單元循序漸進，自然就覺得學習法語很容易。語言的學習存在於生活中，在《法語好好學》第一冊除了有基礎法語的學習，還提供了「美食單元」，用簡短的一句話介紹每一道美食，捉住菜餚的特色。本教材有法語的學習，又有對法國美食的認識，相信學習會變得容易又有趣味。

多學一種語言，就多認識一個文化，世界就更寬廣！

蔣若蘭、陳玉花

Table des matières

目次

Page

Première rencontre avec la prononciation

法語發音初體驗

---

1. Alphabet en français 法文字母
2. Ecriture 法文字母書寫體的寫法
3. Prononciation 法語發音
4. Se présenter 自我介紹
5. Vocabulaires de la vie quotidienne 日常生活用語

1. Alphabet en français 法文字母

法文字母印刷體大寫寫法：

MP3-002

A B C D E F G H I J K L M

N O P Q R S T U V W X Y Z

印刷體小寫寫法：

a b c d e f g h i j k l m

n o p q r s t u v w x y z

法語特殊拼寫符號：

accent aigu (閉音符號)	é	字母從右上往左下撇「ˊ」。
accent grave (開音符號)	è, à, ù	字母從左上往右下撇「ˋ」。
accent circonflexe (長音符號)	ê, â, ô, û, î	字母上尖帽狀「ˆ」。
tréma (分音符號)	ï, ë	字母上兩點「¨」。
cédille (軟音符號)	ç	字母下長尾巴「¸」。
apostrophe (省音符號)	J'ai（我有） C'est（這是）	省略母音時用「'」。
trait d'union (連字音符號)	grand-mère（奶奶）	連結單詞與單詞時用「-」。

2. Ecriture 法文字母書寫體的寫法

A a A a
B b B b
C c C c
D d D d
E e E e
F f F f
G g G g
H h H h
I i I i
J j J j
K k K k
L l L l
M m M m
N n N n
O o O o
P p P p
Q q Q q
R r R r
S s S s
T t T t
U u U u
V v V v
W w W w
X x X x
Y y Y y
Z z Z z

3. Prononciation 法語發音

3-1 | Règles de phonétique 語音的規則

法語的發音是有規則性的，字母如何組合就會如何發音，所以學習法語時不一定需要音標的輔助。簡單來說，法語的字母便是音標。

之前我們已經學會了每個字母是怎麼發音的，那麼現在我們就可以直接來練習怎麼去拼讀每個「音節」。會唸音節，便會讀出由音節所組成的詞彙。以下我們依照法國 BOSCHER 拼音法整理出的表格，跟著老師或音檔一起學習發音。

▼ 發音表格 I：基本發音規則 MP3-00

子音 \ 母音	a â	e
b	ba	be
c	ca	que
ç	ça	ce
d	da	de
f	fa	fe
ph	pha	phe
g	ga gea	gue ge
gn	gna	gne
h	ha	he
ch	cha	che
j	ja	je
k	ka	ke
l	la	le
m	ma	me
n	na	ne
p	pa	pe
qu	qua	que
r	ra	re
s	sa	se
t	ta	te
th	tha	the
v	va	ve
z	za	ze

i î y	o ô au eau	u û	é e + une consonne muette （一個無聲子音）	è, ê, ai, ei e + deux consonnes（兩個子音） e + une consonne prononcée （一個有聲子音）
bi bî by	bo bô bau beau	bu bû	bé	bè bê bai bei
qui	co	cu	qué	què
ci	ço	çu	cé	cè
di	do	du	dé	dè
fi	fo	fu	fé	fè
phi	pho	phu	phé	phè
gui gi	go geo	gu	gué gé	guè gè
gni	gno	X	gné	gnè
hi	ho	hu	hé	hè
chi	cho	chu	ché	chè
ji	jo	ju	jé	jè
ki	ko	ku	ké	kè
li	lo	lu	lé	lè
mi	mo	mu	mé	mè
ni	no	nu	né	nè
pi	po	pu	pé	pè
qui	quo	X	qué	què
ri	ro	ru	ré	rè
si	so	su	sé	sè
ti	to	tu	té	tè
thi	tho	thu	thé	thè
vi	vo	vu	vé	vè
zi	zo	zu	zé	zè

▼發音表格 II：雙母音及鼻母音（母音＋ n，母音＋ m）的發音規則

MP3-004

子音 ＼ 母音	oi oî	ou	un um	in, im yn, ym ain, aim ein	an am en em	on om	oin
b	boi	bou	bun	bin	ban	bon	boin
c	coi	cou	cun	quin	can	con	coin
ç	çoi	çou	çun	çin	çan	çon	çoin
d	doi	dou	dun	din	dan	don	doin
f / ph	foi	fou	fun	fin	fan	fon	foin
g	goi	gou	gun	guin gin	gan gean	gon geon	goin
gn	X	X	X	X	gnan	gnon	X
h	hoi	hou	hun	hin	han	hon	hoin
ch	choi	chou	chun	chin	chan	chon	choin
j	joi	jou	jun	jin	jan	jon	join
k	koi	kou	kun	kin	kan	kon	koin
l	loi	lou	lun	lin	lan	lon	loin
m	moi	mou	mun	min	man	mon	moin
n	noi	nou	nun	nin	nan	non	noin
p	poi	pou	pun	pin	pan	pon	poin
qu	quoi	quou	X	X	X	X	X
r	roi	rou	run	rin	ran	ron	roin
s	soi	sou	sun	sin	san	son	soin
t	toi	tou	tun	tin	tan	ton	toin
v	voi	vou	vun	vin	van	von	voin
z	zoi	zou	zun	zin	zan	zon	zoin

▼ 發音表格 III：雙母音 eu、œu 的發音規則

MP3-005

子音 \ eu, œu	eu, eu ＋無聲子音 œu, œu ＋無聲子音	eu ＋有聲子音 œu ＋有聲子音
n	nœud	neuf
p	peu	peur
s	X	sœur
v	vœu	X

▼ 發音表格 IV：半母音 ill、il、i、y、ien 的發音規則

MP3-006

母音＋ ill	子音＋ ill	母音＋ il	i ＋母音	y 在字首＋母音	ien
oreille	fille	soleil	avion	yoga	bien
travailler	Camille	travail	hier	yeux	rien

▼ 發音表格 V：半母音 ou、w、oi、oe、oin 的發音規則

MP3-007

ou ＋母音	w （在外來語中）	oi	oe oê	oin
oui	kiwi	moi	moelle	loin
jouet	week-end	toi	poêle	moins

▼發音表格 VI：半母音 ui 的發音規則

MP3-008

ui
huit
nuit

▼發音表格 VII：y = i + i 的發音規則

MP3-009

ay（= ai + i）+母音 ey（= ei + i）+母音	uy（= ui + i）+母音	oy（= oi+i）+母音
crayon	ennuyeux	voyage
asseyez	appuyer	envoyer

▼發音表格 VIII：x 的發音規則

MP3-010

x[s]	x[ks]	x[z]+母音	母音+ x[gz]+母音	母音+ x[ks]+子音
six	taxi	dix-huit	exercice	extérieur
dix	texte	dixième	examen	excellent

▼發音表格 IX：tion、stion 的發音規則

MP3-011

tion	stion
tradition	question
attention	digestion

▼ 發音表格 X：ch 的發音規則

MP3-012

ch ＋母音	ch ＋（r 或是 n）
chou	technique
chinois	Christine

▼ 發音表格 XI：單字結尾發音規則

MP3-013

當單字結尾是 e 時，e 不發音，而是讓前面的子音發音。

ex.：français / française

單字結尾的子音通常不發音，除了 c、f、l、r。

ex.：sac, neuf, sel, fleur.

3-2 | Exercices de prononciation 發音練習

a. Lecture 認讀

Comptine 兒歌 1 | Frère Jacques 雅克修士

MP3-014

Frère Jacques, Frère Jacques,

雅克修士，雅克修士，

Dormez-vous ? Dormez-vous ?

您在睡覺嗎？您在睡覺嗎？

Sonnez les matines ! Sonnez les matines !

請敲響早禱的鐘聲！請敲響早禱的鐘聲！

Ding, daing, dong. Ding, daing, dong.

叮，叮，噹。叮，叮，噹。

Comptine 兒歌 2 | Une souris verte 一隻綠老鼠

MP3-015

Une souris verte

一隻綠老鼠

Qui courait dans l'herbe,

牠在草地上奔跑，

Je l'attrape par la queue.

我抓到牠的尾巴。

Je la montre à ces messieurs.

把牠拿給先生們看。

Ces messieurs me disent

先生們告訴我

Trempez-la dans l'huile.

把牠浸泡在油裡。

Trempez-la dans l'eau,

再把牠浸泡在水裡，

Ça fera un escargot tout chaud.

這樣就成了一隻熱呼呼的蝸牛。

b. Complétez avec la bonne lettre. 填字母。 MP3-016

1. _ range	2. _ n	3. _ enêtre	4. _ _ bre	5. I _ _ belle
6. Gât _ _ _	7. _ _ at	8. _ _ z	9. _ _ bé	10. Monta _ _ e
11. bonb _ _	12. v _ che	13. fl _ _ r	14. r _ _	15. pr _ _ ce
16. feu _ _ _ e	17. confit _ re	18. gr _ nouille	19. l _ _ p、	20. b _ s

3-3 | Phonèmes et exercices de prononciation 音節的分法及發音練習

a. Comment lire les prénoms 名字的唸法 MP3-017

– Prénoms féminins 女生的名字

名字	拆音節	名字	拆音節
Agathe	ex. : A-ga-the	Jacqueline	ex. : Jac-que-li-ne
Alice		Justine	
Anne		Laurence	
Carole		Margaux	
Christine		Nathalie	
Claude		Olivia	
Dominique		Patricia	
Eve		Pascale	
Fabienne		Sara	
Florence		Sophie	
Isabelle		Valentine	

b. Comment lire les prénoms 名字的唸法

MP3-018

– Prénoms masculins 男生的名字

名字	拆音節	名字	拆音節
Alain	ex.：A-lain	Hugo	ex.：Hu-go
Albert		Jean	
Arnaud		Julien	
Arthur		Laurent	
Benjamin		Louis	
Christophe		Lucien	
David		Maurice	
Denis		Nicolas	
Didier		Olivier	
Eric		Paul	
Gabriel		Pierre	
Marcel		Quentin	

4. Se présenter 自我介紹

首先，請大家先選一個法文名字，以下為參考名單：

女子名		男子名	
Agathe	Fabienne	Alain	Hugo
Alexia	Florence	Albert	Jean
Alice	Isabelle	Alex	Julien
Anne	Jacqueline	Arnaud	Laurent
Camille	Justine	Arthur	Louis
Carole	Laurence	Benjamin	Lucien
Catherine	Margaux	Christophe	Marcel
Christine	Nathalie	David	Maurice
Claude	Olivia	Denis	Maxime
Dominique	Patricia	Didier	Nicolas
Elise	Pascale	Eric	Olivier
Estelle	Sara	Gabriel	Paul
Eve	Sophie	Guillaume	Pierre
	Valentine		Quentin

接著，練習自我介紹。當要詢問對方姓名，或被詢問姓名時，會說「Tu t'appelles comment ?」（如何稱呼你？）；而回答則可以說「Je m'appelle＋名字＋姓氏」（我（名）叫……）。

通常姓名可以加以拼讀，尤其是中文的姓名更有此必要。例如：「Je m'appelle Isabelle JIANG, JIANG, J-I-A-N-G.」當在書寫姓名時，姓氏的每個字母都大寫，而名字只要開頭的字母大寫就可以了，這樣一來，即使你全用中文姓名，法國人也可以一眼看出哪一個字是你的姓，哪一個字是你的名。

Note 注解：

「m'appelle, t'appelles」是反身動詞 « s'appeler » 的動詞變化，我們將在 Leçon12 詳細介紹這個動詞。

5. Vocabulaires de la vie quotidienne 日常生活用語

法文	拆音節練習	中文
merci	ex.：mer-ci	謝謝
de rien		不客氣
s'il vous plaît		請（您）
s'il te plaît		請（你）
au revoir		再見
oui		對、是、好
non		不對、不是、不好
bon		好的
jour		白天、一天
soir		晚上
nuit		夜晚
bonjour		您好、日安
bonsoir		晚上好
bonne nuit		晚安（睡前）

Leçon

1 Je suis français.

我是法國人。

1. Vocabulaire 單字

1-1 | Nationalités (n.f.) 國籍

MP3-019

Masculin singulier 陽性單數	Masculin pluriel 陽性複數	Féminin singulier 陰性單數	Féminin pluriel 陰性複數	中文
français	français	française	françaises	法國人
chinois	chinois	chinoise	chinoises	中國人
allemand	allemands	allemande	allemandes	德國人
anglais	anglais	anglaise	anglaises	英國人
espagnol	espagnols	espagnole	espagnoles	西班牙人
japonais	japonais	japonaise	japonaises	日本人
italien	italiens	italienne	italiennes	義大利人
canadien	canadiens	canadienne	canadiennes	加拿大人
coréen	coréens	coréenne	coréennes	韓國人
vietnamien	vietnamiens	vietnamienne	vietnamiennes	越南人
américain	américains	américaine	américaines	美國人

1-2 | Pronoms personnels 人稱代名詞

MP3-020

	第一人稱	第二人稱	第三人稱（陽性）	第三人稱（陰性）	第三人稱（中性）
單數	Je 我	Tu 你／妳	Il 他	Elle 她	On 人們、大家 我們、有人
複數	Nous 我們	Vous 你們／妳們／您／您們	Ils 他們	Elles 她們	

2. Grammaire 文法

2-1 | Verbe 動詞

être（1. 是；2. 在－不規則動詞）

Conjugaison 動詞變化

MP3-021

我是	Je suis	我們是	Nous sommes
你是／妳是	Tu es	你們是／妳們是／您是／您們是	Vous êtes
他是	Il est	他們是	Ils sont
她是	Elle est	她們是	Elles sont
我們是／大家是	On est		

3. Faire des phrases 句型

句型｜主詞（人稱代名詞）＋動詞（être）＋形容詞（國籍）

3-1 ｜ Comment on dit en français ? 用法語怎麼說？ 法翻中

MP3-022

1) Je suis chinois.

2) Tu es française ?

3) Ils sont anglais.

4) Je suis canadienne.

5) Vous êtes japonaises.

Astuce 文法一點通｜

形容詞的陰陽性及單複數要隨著主詞變化。

3-2 ｜ Essayez de traduire. 小試身手。 中翻法

1) 您是法國人 (m.) 嗎？

2) 她們是韓國人。

3) 他們是義大利人 (m.)。

4) 我們都是美國人 (m.)。

5) 您是德國人 (f.)。

Astuce 文法一點通｜

Phrase interrogative 疑問句（1）

法語口語中，在句末提高語調以表示疑問。

問：Vous êtes français?

答：Oui, je suis français.

4. Script 影片劇本 法翻中

MP3-023

Viviane：Bonjour, je m'appelle Viviane et je suis anglaise.

Adam：Bonjour, je m'appelle Adam. Je suis français.

Leçon

2 Je suis lycéen.

我是高中生。

1. Vocabulaire 單字

1-1 | Métiers (n.m.) 職業

MP3-024

Masculin 陽性	Féminin 陰性	中文
étudiant	étudiante	大學生
lycéen	lycéenne	高中生
collégien	collégienne	國中生
professeur	X	老師、教授
directeur	directrice	校長、總經理
docteur	X	醫生
médecin	X	醫生
infirmier	infirmière	護士
employé	employée	職員
secrétaire	X	祕書
patron	patronne	老闆
boulanger	boulangère	麵包師傅
musicien	musicienne	音樂家
chanteur	chanteuse	歌手

Masculin 陽性	Féminin 陰性	中文
acteur	actrice	演員
journaliste	X	記者
vendeur	vendeuse	店員、營業員、攤商

2. Grammaire 文法

2-1 | Formation du féminin des noms 名詞的陰性變化

有些職業名詞不分陰陽性。ex.：professeur, docteur, médecin, secrétaire, journaliste.

名詞的陰性**規則**變化：陽性名詞＋ e ＝陰性名詞

名詞的陰性**不規則**變化：

MP3-025

	Nom masculin 陽性名詞	Nom féminin 陰性名詞
teur - trice	directeur	directrice
	acteur	actrice
teur - teuse	chanteur	chanteuse
	vendeur	vendeuse
er - ère	infirmier	infirmière
	boulanger	boulangère
on - onne	patron	patronne
ien - ienne	musicien	musicienne
	collégien	collégienne
en - enne	lycéen	lycéenne

2-2 | Article indéfini　不定冠詞

「不定冠詞＋名詞」指出第一次提到的人、事、物，或是不確定的人、事、物。

MP3-026

	Singulier 單數	Pluriel 複數
Masculin 陽性	un（一）	des（一些）
Féminin 陰性	une（一）	des（一些）

3. Faire des phrases　句型

句型｜主詞（指示代名詞 Ce）＋**動詞**（être）＋不定冠詞＋名詞

C'est ＋ un / une ＋名詞.　　這是……。

（C'est ＝ ce ＋ est 的縮寫）

Ce　＋ sont ＋ des ＋名詞.　　這些是……。

ce（pron.dém. 指示代名詞）：這、那、這個、那個（指人或物品）

句型｜主詞（人稱代名詞）＋動詞（être）＋職業（不用冠詞）

3-1 | Comment on dit en français ?　用法語怎麼說？ 法翻中

MP3-027

1) C'est un étudiant.

2) C'est une étudiante.

3) C'est un professeur chinois.

4) Ce sont des étudiants.

5) Il est acteur.

6) Nous sommes professeurs de chinois.

3-2 | Essayez de traduire. 小試身手。 中翻法

1) 這是一位音樂家 (n.m.)。

2) 這是一位麵包師傅 (n.f.)。

3) 這些是職員 (n.m.pl.)。

4) 妳是歌手。

5) 他是記者。

6) 我是法文老師。

Note 注解：

de（介系詞 prép.）…… 的 ……

chinois（n.m.）中文

français（n.m.）法文

Astuce 文法一點通｜

c'est 用來介紹（présenter）某人或是某物。il / elle est 用於描寫（décrire）某人或是某物。

c'est
- ＋ un nom propre（人名）ex.：C'est Anne.
- ＋ article indéfini (un, une, des)（不定冠詞）＋ nom（名詞）
  ex.：C'est une étudiante.

il / elle est
- ＋ profession（職業）（sans articles 不加冠詞）
  ex.：Il est professeur.
- ＋ nationalité（國籍）ex.：Elle est française.

4. Script 影片劇本 法翻中

Je suis étudiante. MP3-028

Sophie: Bonjour, je m'appelle Sophie. Je suis étudiante.
C'est Mme Voisin. Elle est professeur de français.

____

____

Note 注解：

Madame = Mme 女士

Notes

Leçon

3

Bonjour ! Comment ça va ?

日安！你好嗎？

1. Vocabulaire 單字

1-1 | Salutations 問候語

MP3-029

Monsieur = M.	先生
Madame = Mme	女士
Mademoiselle = Mlle	小姐
Bonjour !	日安！（白天的問候語，適用於白天）
Bonsoir !	晚上好！（夜間的問候語，適用於傍晚、晚上）
Bonne nuit !	晚安！（適用於夜晚）
enchanté(e) (adj.)	幸會
Salut !	嗨！（見面或告別時的招呼語，用於平輩、晚輩之間）
comment (adv.)	如何、怎樣
ça (pron.dém.)	這個、那個（指示代名詞，用於「口語」）
très (adv.)	很、非常、極
bien (adv.)	好、十分、正確適當地
mal (adv.)	壞、糟、不好、不舒服
oui (adv.)	對、是、好
merci (interj.)	謝謝
Au revoir !	再見！
bientôt (adv.)	不久、馬上

À bientôt !	回頭見！不久後見！
Bonne journée !	祝有美好的一天！（適用於白天）
Bonne soirée !	祝有美好的夜晚！（適用於晚間、晚上）

2. Grammaire 文法

2-1 Verbe 動詞

aller（1. 詢問「身體處於 …… 狀況」；2. 詢問「事情進行得 ……」- 不規則動詞）

Conjugaison 動詞變化

MP3-030

我（很好）	Je vais (bien)	我們（很好）	Nous allons (bien)
你（很好） 妳（很好）	Tu vas (bien)	你們（很好） 妳們（很好） 您（很好）	Vous allez (bien)
他（很好）	Il va (bien)	他們（很好）	Ils vont (bien)
她（很好）	Elle va (bien)	她們（很好）	Elles vont (bien)
我們（很好） 大家（很好）	On va (bien)		

3. Faire des phrases 句型

句型｜問：疑問副詞（comment）＋動詞（aller）＋主詞（人稱代名詞）？
句型｜答：主詞（人稱代名詞）＋動詞（aller）＋副詞 .

句型｜問：疑問副詞（comment）＋主詞（指示代名詞 ça）＋動詞（aller）？
句型｜答：主詞（指示代名詞 Ça）＋動詞（aller）＋副詞 .

句型｜問：Est-ce que ＋主詞＋動詞？
句型｜答：Oui, 主詞＋動詞 .

3-1 ｜ Comment on dit en français ? 用法語怎麼說？ 法翻中

MP3-031

1) Comment allez-vous ?

2) Je vais bien, merci.

3) Comment va-t-il ?

4) Comment va Nicolas ?

5) Il va très bien, merci.

6) Comment ça va ?

7) Ça va ?

8) Ça va bien, merci.

9) Ça va, merci.

10) Est-ce que Léo va bien ?

11) Oui, il va bien, merci.

3-2 | Essayez de traduire. 小試身手。中翻法

1) 你近來如何？（你好嗎？）（tu）

2) 我很好，謝謝。

3) 茱莉（Julie）近來如何？

4) 她近來如何？

5) 她很好，謝謝。

6) 他好嗎？（est-ce que）

7) 她好嗎？（est-ce que）

8) 是的，她很好，謝謝。

Astuce 文法一點通 | MP3-032

· Phrase interrogative 疑問句（2）

疑問詞在句首，主詞與動詞要對調位置＝疑問詞＋動詞＋主詞？

當動詞以母音結尾，而後面接的主詞又以母音開頭時，動詞跟主詞中間要加 «-t-»。

ex.：Comment va-t-il ?

Comment va-t-elle ?

· Phrase interrogative 疑問句（3）

est-ce que 是疑問語氣，等同於中文的「嗎」、「是否」。

Phrase interrogative avec « est-ce que... ? » ：

疑問句型＝ « est-ce que » ＋原本的肯定句＋ « ? »

肯定句：Tu es chinois. 你是中國人。

疑問句：Est-ce que tu es chinois? 你是中國人嗎？

肯定句：Il est étudiant. 他是學生。

疑問句：Est-ce qu'il est étudiant? 他是學生嗎？

肯定句：Elle est française. 她是法國人。

疑問句：Est-ce qu'elle est française? 她是法國人嗎？

（當「est-ce que ＋母音」時，要縮寫。）

4. Script 影片劇本 法翻中

4-1 | Première rencontre

MP3-033

AB：Bonjour !

AB：Enchanté(e) !

A：Comment allez-vous ?

B：Je vais bien, merci. Et vous ?

A：Très bien, merci.

A：Ravi(e) de vous connaître.

B：De même.

AB：Au revoir. Bonne journée.

Astuce 文法一點通｜

- ravi, ravie (a.) 開心的
- De même. 同樣地。
- de (prép.) [表原因]
- connaître (v.) 認識
- ravi(e) de + verbe（動詞） 很開心……
- ravi(e) de + COD（直接受詞代名詞）+ verbe（動詞）

4-2 ｜ Salutation entre amis

MP3-034

A：Salut, ça va ?

B：(Ça va) très bien, et toi ?

A：Ça va.

B：Bonne journée.

A：Toi aussi.

Astuce 文法一點通｜

口語式問句 Salut, ça va?

(Ça va) très bien, et toi ?

Astuce 文法一點通｜

MP3-035

Les pronoms personnels toniques 重（ㄓㄨㄥˋ）讀人稱代名詞（在目前學習到的用法）：

1. 同位語（強調主詞）ex.：Moi, je suis française, et toi ? 我呀，我是法國人，那你呢？

2. 用於回答（句子中沒有動詞）ex.：Moi aussi. 我也是。

3. 在強調用法的 C'est 之後。ex.：C'est moi. （就）是我。

	重讀代名詞	主詞代名詞		重讀代名詞	主詞代名詞
我	moi	je	我們	nous	nous
你	toi	tu	你們／您們／您	vous	vous
他	lui	il	他們	eux	ils
她	elle	elle	她們	elles	elles

Leçon

C'est mon professeur.
這是我的老師。

1. Vocabulaire 單字

1-1 | Fournitures scolaires

MP3-036

文具 fourniture (n.f.) 工具／scolaire (a.) 學校的

Singulier 單數	Pluriel 複數	中文
un sac	des sacs	包、袋子
un sac à dos	des sacs à dos	背包
un cartable	des cartables	書包、公事包
une trousse	des trousses	筆袋
un stylo	des stylos	筆
un stylo-plume	des stylos-plume	鋼筆
un feutre	des feutres	彩色筆
une gomme	des gommes	橡皮擦
une règle	des règles	尺
une feuille de papier	des feuilles de papier	紙張
un crayon de papier	des crayons de papier	鉛筆
un crayon de couleur	des crayons de couleur	彩色鉛筆
un taille-crayon	des taille-crayons	削鉛筆機
(一般都是複數)	des ciseaux	剪刀

Singulier 單數	Pluriel 複數	中文
une agrafeuse	des agrafeuses	釘書機
un agenda	des agendas	行事曆
un surligneur	des surligneurs	螢光筆
un rouleau de scotch	des rouleaux de scotch	膠帶
un livre	des livres	書
un classeur	des classeurs	文件夾
une calculatrice	des calculatrices	計算機
un cahier	des cahiers	筆記本

2. Grammaire 文法

2-1 | Adjectifs possessifs 所有格形容詞

MP3-037

	+ Singulier 單數名詞		+ Pluriel 複數名詞
	+ Masculin 陽性名詞	+ Féminin 陰性名詞	(+ Masculin 陽性名詞／Féminin 陰性名詞)
我的	mon	ma	mes
你的／妳的	ton	ta	tes
他／她的	son	sa	ses
我們的	notre		nos
你們的／您的	votre		vos
他們的／她們的	leur		leurs

Astuce 文法一點通｜

· 該選擇哪一個所有格形容詞？要看後面接的所有物（名詞）的陰陽性、單複數。

· mon, ton, son ＋陽性單數名詞，同時 mon, ton, son ＋母音開頭的名詞（與發音有關。

ex.：mon agrafeuse

2-2 ｜ Article défini 定冠詞

「定冠詞＋名詞」指出已提到過的人、事、物，或是指定的人、事、物。

MP3-038

	Singulier 單數	Pluriel 複數
Masculin 陽性	le l' ＋母音開頭的名詞	les
Féminin 陰性	la l' ＋母音開頭的名詞	les

3. Faire des phrases 句型

句型｜主詞（指示代名詞 ce）＋動詞（être）＋定冠詞＋名詞

C'est ＋ le / la / l' ＋單數名詞 .（這是……。）

Ce ＋ sont ＋ les ＋複數名詞 .（這些是……。）

句型｜主詞（指示代名詞 ce）＋動詞（être）＋所有格形容詞＋名詞

C'est ＋所有格形容詞＋單數名詞 .（這是……。）

Ce ＋ sont ＋所有格形容詞＋複數名詞 .（這些是……。）

3-1 | Comment on dit en français ? 用法語怎麼說？ 法翻中

MP3-039

1) C'est la directrice.

2) C'est l'étudiant.

3) C'est le sac de Pauline.

4) Ce sont les professeurs de chinois.

5) C'est ta trousse.

6) C'est notre professeur.

7) Ce sont les cahiers de Juliette.

8) Ce sont nos cartables.

9) C'est mon stylo.

10) Ce sont leurs livres.

3-2 | Essayez de traduire. 小試身手。 中翻法

1) 這是我的書包。

2) 這些是你們的鉛筆。

3) 這些是他們的老師。

4) 這是他們的校長 (n.m.)。

5) 這是你的老闆 (n.f.)。

6) 這是茱莉（Julie）的尺。

7) 這是她的尺。

8) 這些是他的橡皮擦。

9) 這是我的筆記本。

10) 這些是保羅（Paul）的書。

Astuce 文法一點通｜

c'est 用來介紹（présenter）某人或是某物。il / elle est 用於描寫（décrire）某人或是某物。

c'est → + un nom propre（人名）ex：C'est Anne.

→ + article indéfini（un, une, des）（不定冠詞）+ nom（名詞）

ex.：C'est une étudiante.

→ + article défini（le, la ,les）（定冠詞）+ nom（名詞）

ex.：C'est la directrice.

→ + adjectifs possessifs (mon, ma, mes...)（所有格形容詞）+ nom（名詞）

ex.：C'est mon stylo.

il / elle est → + profession（職業）（不用冠詞）

ex.：Il est professeur.

→ + nationalité（國籍）

ex.：Elle est française.

4. Script 影片劇本 法翻中

Qu'est-ce que vous avez dans votre sac ? MP3-040

Blandine : Bonjour. Aujourd'hui, dans mon sac, j'ai un grand classeur, deux grands cahiers, deux petits cahiers, un agenda, deux livres. Et dans ma trousse, j'ai un crayon de papier, un stylo-plume, deux surligneurs, trois stylos, un rouleau de scotch, une gomme. Et vous ? Qu'est-ce que vous avez dans votre sac ?

Note 注解：

J'ai... 我有…… / Vous avez... 你們（您）有……（avoir 動詞在第五課）

- aujourd'hui (adv.) 今天
- dans (prép.) 在……裡面
- 「數字、大小」的形容詞在第五課。

Astuce 文法一點通｜

· « Que » « Qu'est-ce que »（什麼東西？）

Phrase interrogative avec « Qu'est-ce que ... ? »

= Que ＋ est-ce que ＋主詞 (s.) ＋動詞 (v.) ?

縮寫為 = Qu'est-ce que ＋主詞 (s.) ＋動詞 (v.) ?

問 1：Qu'est-ce que c'est ?

＝什麼東西　這是？（直譯）

＝這是什麼東西？

答 1：C'est mon stylo.

這是 我的筆。

問 2：Qu'est-ce que tu as ?

＝什麼東西　你有？（直譯）

＝你有什麼東西？

（另譯：「你怎麼了？」）

答 2：J'ai deux livres.

我有 兩本書。

ex.：Qu'est-ce que vous avez dans votre sac ?

您的包包裡有什麼東西？

Leçon

5 J'ai un frère.

我有一個兄弟。

1. Vocabulaire 單字

1-1 | Chiffres (n.m.) 1-31 數字 1-31

(les adjectifs numéraux 數字形容詞) MP3-041

1	un, une	11	onze	21	vingt et un
2	deux	12	douze	22	vingt-deux
3	trois	13	treize	23	vingt-trois
4	quatre	14	quatorze	24	vingt-quatre
5	cinq	15	quinze	25	vingt-cinq
6	six	16	seize	26	vingt-six
7	sept	17	dix-sept	27	vingt-sept
8	huit	18	dix-huit	28	vingt-huit
9	neuf	19	dix-neuf	29	vingt-neuf
10	dix	20	vingt	30	trente
				31	trente et un

1-2 | Couleurs (n.f.) 顏色

MP3-042

Masculin 陽性	Féminin 陰性	中文
rouge	rouge	紅色的
orange	orange	橙色的
jaune	jaune	黃色的
vert	verte	綠色的
bleu	bleue	藍色的
violet	violette	紫色的
rose	rose	粉紅色的
noir	noire	黑色的
blanc	blanche	白色的
gris	grise	灰色的

1-3 | Famille (n.f.) 家庭

MP3-043

père (papa)	父親（爸爸）	fils	兒子(garçon=男孩)
mère (maman)	母親（媽媽）	fille	女兒(fille=女孩)
grand-père (papi)	祖父（爺爺）	petit-fils	孫子
		petite-fille	孫女
grand-mère (mamie)	祖母（奶奶）	enfants	兒女
		petits-enfants	兒孫
parents	父母		
grands-parents	祖父母		

frère	兄弟	sœur	姊妹
grand frère	哥哥	grande sœur	姊姊
petit frère	弟弟	petite sœur	妹妹
cousin	堂（表）兄弟	cousine	堂（表）姊妹

2. Grammaire 文法

2-1 | Verbe 動詞

avoir（有－不規則動詞）

Conjugaison 動詞變化

MP3-044

我有	J'ai	我們有	Nous avons
你有／妳有	Tu as	你們有／妳們有／您有	Vous avez
他有	Il a	他們有	Ils ont
她有	Elle a	她們有	Elles ont
我們有／大家有	On a		

3. Faire des phrases 句型

句型｜ Qui ＋ 動詞 (v.) ＋主詞 (s.) ? MP3-045

問：Qui est-ce ?

＝誰 是 這？（直譯）

＝這是誰？

答：C'est le frère de Florence.

這是 Florence 的兄弟。

問：Qui es-tu ?

＝誰 是 你？（直譯）

＝你是誰？

答：Je suis Florence.

我是 Florence。

句型｜主詞（指示代名詞 Ce）＋動詞 (être)＋數字＋物品＋顏色形容詞

句型｜主詞（人稱代名詞）＋動詞（avoir）＋數字＋物品＋顏色形容詞

句型｜主詞（人稱代名詞）＋動詞（avoir）＋數字＋家庭成員

Astuce 文法一點通：

· qui [疑問代名詞] 誰

· « de »（……的）

ex.：le livre de mon père

＝書　的 我爸爸（直譯）

＝我爸爸 的 書

ex.：Isabelle 的媽媽＝ la mère d'Isabelle

ex.：Olivier 的哥哥＝ le frère d'Olivier

這裡的物品都是「指定的某個人」的，所以要用「定冠詞」！

3-1 ｜ Comment on dit en français ? 用法語怎麼說？ 法翻中

MP3-046

1) Qui est-ce ?

2) C'est le président de la République française.

3) C'est une trousse.

4) C'est un surligneur vert.

5) Ce sont des cahiers bleus.

6) J'ai un stylo.

7) Paul a deux stylos noirs.

8) Nous avons des cahiers rouges.

9) As-tu des frères et sœurs ?

10) J'ai deux frères.

11) Elle a deux petits frères.

12) Tu as une gomme blanche.

Note 注解：

le président (n.m.) 總統

la république (n.f.) 共和政體

3-2 | Essayez de traduire. 小試身手。 中翻法

1) 這是誰？

2) 這是我的兄（弟）。

3) 這是一支鋼筆。

4) 這是一個黑色的書包。

5) 這些是彩色筆。

6) 您有一本藍色筆記本。

7) 您有孩子嗎？

8) 我有一個兒子和一個女兒。

9) 我有一個妹妹。

10) 我的姊姊有三個孩子。

11) 她有一個哥哥。

12) Paul 和 Marie 有七位老師。

Astuce 文法一點通｜

一般來說，法語的形容詞都是放在名詞之後，但也有放在名詞之前，或是前後皆可的情形。

在這一課，我們學習到的規則是：

· 形容詞 grand, grande（大的） / petit, petite（小的）＋名詞

· 數字形容詞＋名詞

· 名詞＋顏色形容詞

4. Script 影片劇本 法翻中

4-1｜J'ai une petite sœur qui s'appelle Emma. MP3-047

Viviane：Bonjour, je m'appelle Viviane et je suis étudiante. Je suis anglaise. J'ai une petite sœur qui s'appelle Emma.

4-2｜J'ai un petit frère qui s'appelle Hugo... MP3-048

Adam：Bonjour, je m'appelle Adam, je suis français, je suis étudiant. J'ai un petit frère qui s'appelle Hugo et une grande sœur qui s'appelle Chloé.

4-3 | Dans mon sac, il y a...

MP3-049

Blandine : Bonjour. Dans mon sac, il y a un grand classeur rose, deux grands cahiers, un vert et un violet, deux petits cahiers, un bleu et un jaune, un agenda rose. Et dans ma trousse noire, il y a un crayon de papier noir, trois stylos, un stylo rouge, un stylo bleu, un stylo noir, deux surligneurs, un surligneur bleu, un surligneur vert, un stylo-plume noir, un rouleau de scotch blanc, une gomme blanche. Et vous ? Dans votre sac, qu'est-ce que vous avez ?

Astuce 文法一點通 |

· Qui：1. 誰 [疑問代名詞]

2. 關係代名詞當主詞 [無陰陽性、單複數變化，指人或物，引出一個子句修飾前面的名詞]

ex.：un petit frère qui s'appelle Hugo

名詞（先行詞）[＋ qui ＋動詞＋補語]

· une expression 慣用語：Il y a ... （那裡）有……

■ il：在這裡是「非人稱主詞」用法，帶出一個句子。

■ y：pronom adverbial（副詞代名詞），在這裡是「這兒、那兒（代表一個地方）」的意思。

■ a：為「avoir」的第三人稱單數動詞變化「il a」。

· Il y a ＋名詞：為了指出人或物（單複數名詞皆可）

4-4 | Pardon, est-ce que vous avez...

MP3-050

Eva：Pardon, est-ce que vous avez un stylo rouge, s'il vous plaît ?

Blandine：Non, je n'ai pas de stylo rouge.

Eva：Et avez-vous un surligneur jaune ?

Blandine：Oui, j'ai un surligneur jaune.

Eva：Merci.

Note 注解：

· Pardon (interj.) 抱歉！打擾了！

· S'il vous plaît ! = S.V.P. （縮寫） 請！勞駕！麻煩您！

Astuce 文法一點通 | MP3-051

· Phrase interrogative avec « V.- S. ... ? » ：

疑問句（4）= 動詞 - 主詞……？

當動詞以母音結尾，而主詞又以母音開頭時，動詞跟主詞中間要加 « -t- »。

ex.：A-t-il des frères ? 他有兄弟嗎？

· 主詞與動詞對調位置的寫法：

être		avoir	
Suis-je... ?	Sommes-nous... ?	Ai-je... ?	Avons-nous... ?
Es-tu... ?	Êtes-vous... ?	As-tu... ?	Avez-vous... ?
Est-il... ?	Sont-ils... ?	A-t-il ... ?	Ont-ils... ?
Est-elle... ?	Sont-elles... ?	A-t-elle... ?	Ont-elles... ?
Est-on... ?		A-t-on... ?	

練習：

肯定句：Tu es française.

疑問句：____________________

肯定句：Il est étudiant.

疑問句：____________________

肯定句：Ils sont étudiants.

疑問句：____________________

肯定句：Elle a une petite sœur.

疑問句：____________________

肯定句：Ils ont un professeur français.

疑問句：____________________

Leçon

6 Mon anniversaire

我的生日

1. Vocabulaire 單字

1-1 | Date (n.f.) 日期

MP3-052

un mois	一個月	l'âge (n.m.)	年齡、歲數
janvier	一月	joyeux (a.)	愉快的、快樂的
février	二月	l'anniversaire (n.m.)	生日
mars	三月	une semaine	一個星期
avril	四月	lundi	星期一
mai	五月	mardi	星期二
juin	六月	mercredi	星期三
juillet	七月	jeudi	星期四
août	八月	vendredi	星期五
septembre	九月	samedi	星期六
octobre	十月	dimanche	星期日
novembre	十一月		
décembre	十二月		

2. Grammaire 文法

Adjectif interrogatif 疑問形容詞 MP3-053

quel（哪一個的、什麼樣的）：Quel ＋ nom（名詞）形成疑問句型，quel 的陰陽性、單複數要與連接的名詞配合。

ex.：Quel jour ? Quelle date ?

	Singulier 單數	Pluriel 複數
Masculin 陽性	quel	quels
Féminin 陰性	quelle	quelles

3. Faire des phrases 句型

句型｜Quel jour sommes-nous ? 今天星期幾？

句型｜Nous sommes ＋星期 ____ . 今天是星期 __。

句型｜On est quel jour ? 今天星期幾？

句型｜On est + 星期 ____ . 今天是星期 __。

句型｜Quelle date sommes-nous ? 今天是幾月幾日？

句型｜Nous sommes ＋ le ＋日＋月 . 今天是 __ 月 __ 日。

句型｜On est ＋ le ＋日＋月 . 今天是 __ 月 __ 日。

句型｜Mon anniversaire est le ＋日＋月 . 我的生日是 __ 月 __ 日。

句型｜主詞（人稱代名詞）＋動詞（avoir）＋數字＋ an(s) ……幾歲。（an ＝年）

3-1 | Comment on dit en français ? 用法語怎麼說？ 法翻中

MP3-054

1) Nous sommes lundi.

2) Nous sommes le 15 février.

3) Mon anniversaire est le 2 janvier.

4) J'ai dix-huit ans.

5) Aujourd'hui, c'est mon anniversaire.

6) Bon anniversaire !

7) Il a un an.

3-2 | Essayez de traduire. 小試身手。 中翻法

1) 今天星期五。

2) 今天是十二月 25 日。

3) 他的生日是十一月 12 日。

4) 我的哥哥二十歲。

5) 她十六歲。

6) 今天是你的生日！

7) 生日快樂！（用唱的）

Astuce 文法一點通｜ MP3-055

· bon, bonne (a.) 好的、美味的（香的）、正確的。
若放在句首可形成短語，表示祝福。

· C'est bon ! 好吃！

· C'est une bonne idée. 這是個好主意。

· Bonne idée ! 好主意！

· Choisissez la bonne réponse ! 請選出正確答案！

· Bon anniversaire ! 生日快樂！ (Joyeux anniversaire ! 生日快樂歌)

· Bon voyage ! 旅行愉快！

· Bonnes vacances ! 假期愉快！

· Bon appétit ! 用餐愉快！（直譯：祝您胃口大開！）

3-3 | Dictée 聽力練習

Quelle date sommes-nous ? 幾月幾日？ MP3-056

(1)	(4)	(7)	(10)
(2)	(5)	(8)	(11)
(3)	(6)	(9)	(12)

Astuce 文法一點通 |

- 「星期、日期、月份」都是小寫字母（lettre minuscule），首個字母不需大寫。
- 每個月 1 日用序數「第一」（premier）表示。其餘日子都用基數（deux, trois, quatre,…）表示。

ex.：Nous sommes le premier septembre. 今天是九月一日。

=Nous sommes le 1er septembre.

4. Script 影片劇本 法翻中

4-1 | Je suis étudiante et j'ai dix-sept ans. MP3-057

Viviane：Bonjour, je m'appelle Viviane et je suis anglaise.

Je suis étudiante et j'ai dix-sept ans.

Mon anniversaire est le 8 janvier.

4-2 | J'ai dix-huit ans et mon anniversaire est le 7 mars.

MP3-058

Adam : Bonjour, je m'appelle Adam.

Je suis français, je suis étudiant.

J'ai dix-huit ans et mon anniversaire est le 7 mars.

5. Lecture 閱讀 法翻中

5-1 | Présentation

MP3-059

Bonjour, je m'appelle Jo Lan JIANG, JIANG, J-I-A-N-G, Jo Lan, J-O L-A-N. Je suis étudiante. J'ai vingt et un ans et mon anniversaire est le 2 janvier. Mes parents sont professeurs. J'ai un grand frère, il a vingt-six ans et il est docteur. Et vous ?

5-2 | Dans mon cartable, j'ai ...

MP3-060

Dans mon cartable, j'ai une trousse, un agenda, sept livres, un classeur et un cahier.

Dans ma trousse, j'ai un stylo, un stylo-plume, cinq feutres, une gomme, une règle, un crayon de papier, des crayons de couleur et trois surligneurs. Et toi ?

Notes

Leçon

7

Quelle heure est-il ?

現在幾點鐘？

1. Vocabulaire 單字

1-1 | Chiffres 32-69 數字 32-69

(les adjectifs numéraux 數字形容詞)

MP3-061

	40 quarante	50 cinquante	60 soixante
	41 quarante et un	51 cinquante et un	61 soixante et un
32 trente-deux	42 quarante-deux	52 cinquante-deux	62 soixante-deux
33 trente-trois	43 quarante-trois	53 cinquante-trois	63 soixante-trois
34 trente-quatre	44 quarante-quatre	54 cinquante-quatre	64 soixante-quatre
35 trente-cinq	45 quarante-cinq	55 cinquante-cinq	65 soixante-cinq
36 trente-six	46 quarante-six	56 cinquante-six	66 soixante-six
37 trente-sept	47 quarante-sept	57 cinquante-sept	67 soixante-sept
38 trente-huit	48 quarante-huit	58 cinquante-huit	68 soixante-huit
39 trente-neuf	49 quarante-neuf	59 cinquante-neuf	69 soixante-neuf

1-2 | Heure 點鐘（縮寫：H）

MP3-062

(1-24) + « heure »

1H	une heure（n.f.，時）	13H	treize heures
2H	deux heures	14H	quatorze heures
3H	trois heures	15H	quinze heures
4H	quatre heures	16H	seize heures
5H	cinq heures	17H	dix-sept heures
6H	six heures	18H	dix-huit heures
7H	sept heures	19H	dix-neuf heures
8H	huit heures	20H	vingt heures
9H	neuf heures	21H	vingt et une heures
10H	dix heures	22H	vingt-deux heures
11H	onze heures	23H	vingt-trois heures
12H	douze heures midi（中午）	24H	minuit（午夜） (mi：正中，nuit：夜晚)

1-3 | Minute 分鐘（縮寫：mn）

MP3-063

(1-59) + « minutes »		也可以這麼說……	
1 mn	une minute （n.f.，分）		
2 mn	deux minutes		
3 mn	trois minutes		
10 mn	dix minutes		
11 mn	onze minutes		
12 mn	douze minutes		
15 mn	quinze minutes	et quart	（和四分之一）一刻鐘
20 mn	vingt minutes		
30 mn	trente minutes	et demie	（和一半）半點鐘
40 mn	quarante minutes	moins vingt	（減二十）差二十分鐘到整點
45 mn	quarante-cinq minutes	moins le quart	（減四分之一）差一刻鐘到整點
50 mn	cinquante minutes	moins dix	（減十）差十分鐘到整點
55 mn	cinquante-cinq minutes	moins cinq	（減五）差五分鐘到整點

1-4 | Moments de la journée 一天的時辰

MP3-064

le matin	早上
le midi	中午
l'après-midi	下午
le soir	晚上
la nuit	夜晚

2. Grammaire 文法

2-1 | Adjectif interrogatif 疑問形容詞

quel（哪一個的、什麼樣的）：Quel ＋ nom（名詞）形成疑問句型，quel 的陰陽性、單複數要與連接的名詞配合。

ex.：Quel jour ? Quelle date ? Quelle heure ?

	Singulier 單數	Pluriel 複數
Masculin 陽性	quel	quels
Féminin 陰性	quelle	quelles

Astuce 文法一點通 |

« il » 在這裡當非人稱主詞，指「時間」。

3. Faire des phrases 句型

句型 | Quelle heure est-il ? 現在是幾點鐘？

句型 | Il est quelle heure ? 現在是幾點鐘？

句型 | Il est ＋數字＋ heure(s). 現在 ____ 點。

句型 | Il est ____ heure(s) ______ . 現在是 ____ 點 ____ 分。
（通常都省略 minutes）

句型 | Il est ____ heure(s) et quart. 現在是 ____ 點一刻。

句型 | Il est ____ heure(s) et demie. 現在是 ____ 點半。

句型 | Il est ____ heure(s) moins le quart. 現在是差一刻 ____ 點。

句型 | Il est ____ heure(s) moins ______ . 現在是差 ____ 分 ____ 點。

句型 | Il est ____ heure(s) du matin. 現在是早上 ____ 點。

句型 | Il est ____ heure(s) de l'après-midi. 現在是下午 ____ 點。

句型 | Il est ____ heure(s) du soir. 現在是晚上 ____ 點。

3-1 | Comment on dit en français ? 用法語怎麼說？ 法翻中

MP3-065

1) Il est une heure.

2) Il est onze heures dix.

3) Il est onze heures dix du matin.

4) Il est quatorze heures.

5) Il est deux heures de l'après-midi.

6) Il est dix-neuf heures.

7) Il est sept heures du soir.

8) Il est huit heures et quart.

9) Il est dix heures et demie.

10) Il est neuf heures moins cinq.

3-2 | Essayez de traduire. 小試身手。 中翻法

1) 現在是六點。

2) 現在是八點二十五分。

3) 現在是早上八點二十五分。

4) 現在是十三點。

5) 現在是下午一點。

6) 現在是二十一點。

7) 現在是晚上九點。

8) 現在是十一點一刻。

9) 現在是差一刻十點。

10) 現在是九點十四分。

11) 現在是十二點五十二分。

12) 現在是十八點四十五分。

3-3 | Dictée 聽力練習

Quelle heure est-il ? 幾點幾分？ MP3-066

請用 24 小時制的數字作答

(1)	(5)	(9)
(2)	(6)	(10)
(3)	(7)	(11)
(4)	(8)	(12)

4. Script 影片劇本 法翻中

4-1 | Nous sommes jeudi et il est onze heures dix. MP3-067

Adam：Bonjour ! Nous sommes le 17 janvier.

Nous sommes jeudi et il est onze heures dix.

Note 注解：

- sur ＋名詞＝在……上面
- sous ＋名詞＝在……下面
- dans ＋名詞＝在……裡面
- la table (n.f.) 桌子
- là-bas (adv.) 在那兒
- Mon dieu ! 我的天
- être en retard 遲到
- chercher (v.) 尋找
- le téléphone (n.m.) 電話

4-2 | Qu'est-ce que tu cherches ?

MP3-068

Blandine：Qu'est-ce que tu cherches ?

Eva：Je cherche mon téléphone.

Blandine：C'est quelle couleur ?

Eva：Noir.

Blandine：Il est sur la table là-bas. Sous le sac !

Eva：Ah ! J'ai trouvé ! Merci ! Quelle heure est-il ? ...

Huit heures ! Mon dieu ! Je suis en retard !!! Au revoir !

Astuce 文法一點通 |

- trouver (v.) 找到
- trouvé (p.p.) trouver 的過去分詞（participe passé）
- le passé composé 複合過去式＝ avoir ＋ p.p.，指過去所發生的事情，發生的起點與結束皆很清楚。

我們將在第二冊詳細介紹「le passé composé 複合過去式」。

Leçon

8

Je n'ai pas de patience.

我沒有耐心。

1. Vocabulaire 單字

1-1 | Choses indénombrables 不可數的東西

MP3-069

定冠詞＋抽象名詞（表示整體概念）	部分冠詞＋抽象名詞（表示擁有部分）	中文
le temps	du temps	時間
l'argent	de l'argent	金錢
le bonheur	du bonheur	幸福
l'amour	de l'amour	愛情
le talent	du talent	才能
le courage	du courage	勇氣
la patience	de la patience	耐心
la chance	de la chance	機會、運氣、幸運
l'intelligence	de l'intelligence	聰明、才智
l'énergie	de l'énergie	力量、力氣、精力

2. Grammaire 文法

2-1 | Article partitif 部分冠詞 + des choses indénombrables 不可數的東西

MP3-070

	Singulier 單數	Pluriel 複數
Masculin 陽性	(~~de + le~~ →) du (de l' + 母音開頭名詞)	(~~de + les~~ →) des
Féminin 陰性	de la (de l' + 母音開頭名詞)	(~~de + les~~ →) des

2-2 | « être » et « avoir » en forme négative 「是」和「有」的否定形式

MP3-071

être	je ne suis pas tu n'es pas il / elle / on n'est pas	nous ne sommes pas vous n'êtes pas ils / elles ne sont pas
avoir	je n'ai pas tu n'as pas il / elle / on n'a pas	nous n'avons pas vous n'avez pas ils / elles n'ont pas

3. Faire des phrases 句型

句型｜主詞＋動詞（avoir）＋部分冠詞＋名詞

句型｜主詞＋ ne ＋動詞（avoir）＋ pas de ＋名詞

3-1 ｜ Comment on dit en français ? 用法語怎麼說？ 法翻中

MP3-072

1) Nous avons de la chance.

2) Nous n'avons pas de chance.

3) J'ai toujours （總是 adv.） de la patience.

4) Je n'ai pas de patience.

5) Le temps, c'est de l'argent.

Astuce 文法一點通｜

在這個句子中，le temps 用定冠詞（le）代表整體；de l'argent 用部分冠詞（de l'）代表擁有部分。

・pour (prép.) 對於

3-2 | Essayez de traduire. 小試身手。 中翻法

1) 我的姊妹有音樂的才華（pour la musique）。

2) 我們（On）很有精神。

3) 你沒有精神。

4) 你有錢嗎？

5) 我沒有錢。

3-3 | Exemples et exercices 例句與練習

句型｜主詞＋ ne ＋動詞（avoir）＋ pas de ＋名詞

a. 例句

Phrase positive 肯定句	Phrase négative 否定句
1) Il a un frère.	Il n'a pas de frère.
2) Ils ont un secrétaire.	Ils n'ont pas de secrétaire.
3) Elle a de l'argent.	Elle n'a pas d'argent.
4) J'ai du temps.	Je n'ai pas de temps.
5) Tu as de l'énergie.	Tu n'as pas d'énergie.

b. 練習

Phrase positive 肯定句	Phrase négative 否定句
1) J'ai un sac à dos.	______
2) Elle a deux livres.	______
3) J'ai dix stylos.	______
4) On a de la chance.	______
5) J'ai une petite sœur.	______
6) Il a un secrétaire.	______
7) Le professeur de français a de la patience.	______
8) Elle a un professeur.	______

句型｜主詞（人稱主詞）＋**ne**＋動詞（être）＋**pas**＋國籍(adj.)或職業(n.)

a. 例句

Phrase positive 肯定句	Phrase négative 否定句
1) Je suis chinois.	Je ne suis pas chinois.
2) Nous sommes professeurs.	Nous ne sommes pas professeurs.
3) Tu es française.	Tu n'es pas française.
4) Il est étudiant.	Il n'est pas étudiant.
5) Ils sont américains.	Ils ne sont pas américains.

b. 練習

Phrase positive 肯定句	Phrase négative 否定句
1) Il est chinois.	______________
2) Vous êtes professeur.	______________
3) Ils sont anglais.	______________
4) Nous sommes français.	______________
5) Elles sont anglaises.	______________

4. Script 影片劇本 法翻中

4-1 | Vous êtes anglais ?

MP3-073

Eva : Bonjour !

Adam : Bonjour !

Eva : Vous êtes anglais ?

Adam : Non, je ne suis pas anglais.

Eva : Vous êtes italien ?

Adam : Non, je ne suis pas italien.

Eva : Vous êtes français alors ?

Adam : Oui, je suis français.

Note 注解：

alors (adv.) 那麼、因此

4-2 | As-tu un grand frère ?

MP3-074

Eva : As-tu un grand frère ?

Adam : Non, j'ai deux grands frères.

Eva : As-tu une grande sœur ?

Adam : Non, je n'ai pas de grande sœur, j'ai une petite sœur.

J'ai deux grands frères et une petite sœur.

Astuce 文法一點通｜

・ **答句**句型為：

réponse positive （肯定答句）：**Oui,** ＋肯定句

réponse négative（否定答句）：**Non,** ＋否定句

Non, ＋肯定句（與**問句事實**不同的肯定）

問句｜ Est-ce que tu es chinois ? = Es-tu chinois ?

肯定答句：Oui, je suis chinois.

否定答句：Non, je ne suis pas chinois.

否定答句：Non, je suis japonais.

問句｜ Est-ce qu'ils sont étudiants ? = Sont-ils étudiants ?

肯定答句：Oui, ils sont étudiants.

否定答句：Non, ils ne sont pas étudiants.

否定答句：Non, ils sont professeurs.

問句｜ Est-ce qu'il a deux enfants ? = A-t-il deux enfants ?

肯定答句：Oui, il a deux enfants.

否定答句：Non, il n'a pas d'enfants.

否定答句：Non, il n'a qu'un enfant.

（ne ＋ verbe ＋ que ＝ seulement 只有、僅僅）

問句｜ Est-ce que tu as un livre ? = As-tu un livre ?

肯定答句：Oui, j'ai un livre.

否定答句：Non, je n'ai pas de livre.

否定答句：Non, j'ai un cahier.

Notes

Leçon

9 J'ai mal à la tête.

我頭痛。

1. Vocabulaire 單字

1-1 Parties du corps 身體部位

partie (n.f.) 部位、部分

MP3-075

le corps	身體	un œil, les yeux	單眼，雙眼
le visage	臉部	une oreille, les oreilles	單耳，雙耳
la tête	頭	une épaule, les épaules	單肩，雙肩
les cheveux(n.m.pl.)	頭髮	une main, les mains	單手，雙手
le nez	鼻子	un genou, les genoux	單膝，雙膝
la bouche	嘴巴	une jambe, les jambes	單腿，雙腿
la gorge	喉嚨	un pied, les pieds	單腳，雙腳
le cou	脖子	un doigt	手指（單數）
le ventre	肚子	les doigts	手指（複數）
le dos	背部	un doigt de pied	腳趾（單數）
le bras	手臂	les doigts de pied	腳趾（複數）

1-2 | Adjectif 形容詞

a. Couleurs des cheveux 頭髮的顏色

MP3-076

Masculin 陽性	Féminin 陰性	中文
blond	blonde	金髮的
brun	brune	褐色的
doré	dorée	金色的（or：黃金）
argenté	argentée	銀色的（argent：錢）

b. Taille (n.f.) 身材

MP3-077

Masculin 陽性	Féminin 陰性	中文
petit	petite	小的、矮的
grand	grande	大的、高的
court	courte	短的
long	longue	長的
gros	grosse	胖的
carré	carrée	方的
rond	ronde	圓的、微胖的
mince	mince	瘦的

c. Apparence (n.f.) 外型

MP3-078

Masculin 陽性	Féminin 陰性	中文
beau 英俊的	belle 美麗的	好看的
joli	jolie	漂亮的
laid	laide	醜的
moche	moche	難看的、醜的（口語）
mignon	mignonne	可愛的
jeune	jeune	年輕的
vieux (vieil)	vieille	年老的

d. Sentiment (n.m.) 心情

MP3-079

Masculin 陽性	Féminin 陰性	中文
content	contente	高興的
ravi	ravie	開心的
heureux	heureuse	幸福的

e. Caractère (n.m.) 個性

MP3-080

Masculin 陽性	Féminin 陰性	中文
dur	dure	硬的、難以應付的
doux	douce	軟的、溫柔的
timide	timide	害羞的
ouvert	ouverte	坦率的
gentil	gentille	親切的、客氣的

2. Grammaire 文法

2-1 | Formation du féminin dans les adjectifs 形容詞的陰性規則

目前學習到的規則整理如下：

- 以 e 結尾的形容詞，陰性時字形不變，讀音也不變。

  ex.：jeune, jeune（年輕的）

- 陰性＝陽性形容詞＋ e，但讀音不變。

  ex.：joli, jolie（漂亮的）

- 陰性＝陽性形容詞＋ e，尾音子音要發音。

  ex.：petit, petite（小的、矮的）

- 陰性＝陽性形容詞字尾 -x，改為 -se，-x → -se。

  ex.：heureux, heureuse（幸福的）

  例外：doux, douce（溫柔的），faux, fausse（錯的）

- 陰性＝陽性形容詞字尾 -s，重複字尾子音 s ＋ e，-os → -osse。

  ex.：gros, grosse（胖的）

- 陰性＝陽性形容詞字尾 -g，改為 -gue，-g → -gue。

  ex.：long, longue（長的）

- 陰性＝陽性形容詞字尾 -un ＋ e，母音讀音改變 -un → -une。

  ex.：brun, brune（褐色的）

・陰性＝陽性形容詞字尾 -on / -il / -ien / -en，重複字尾子音＋ e，-on → -onne / -il → -ille / -ien → -ienne / -en → -enne

ex. : bon, bonne（好的） / mignon, mignonne（可愛的）

gentil, gentille（客氣的） / italien, italienne（義大利的）

coréen, coréenne（韓國的）

2-2 | Formation du pluriel dans les adjectifs 形容詞的複數規則

・單數形容詞＋ s ＝複數形容詞，« s » 不發音。

ex. : joli → jolis

・單數形容詞以 -s 或 -x 結尾，複數時維持不變，讀音不變。

ex. : gros → gros，doux → doux

・單數形容詞以 -eau 結尾＋ x ＝複數形容詞，« x » 不發音。

ex. : beau → beaux

・單數形容詞以 -eux 結尾，複數時維持不變，讀音不變。

ex. : heureux → heureux

3. Faire des phrases 句型

句型｜主詞＋動詞（être）＋形容詞

3-1 ｜ Comment on dit en français ? 用法語怎麼說？ 法翻中

MP3-081

1) Vous êtes très gentil.

2) Elle est mince.

3) Ils sont beaux.

4) Marion est grande.

5) Sa cousine est jolie.

6) Ses cheveux sont noirs.

Astuce 文法一點通｜

- 形容詞的陰陽性、單複數要隨著主詞變化。
- très (adv.) 非常、十分、很，可修飾形容詞。

3-2 ｜ Essayez de traduire. 小試身手。 中翻法

1) 她很溫柔。

---

2) 他們很幸福。

---

3) 你的兄（弟）很帥。

---

4) 他的頭髮很短，是褐色的。

---

5) 我哥哥的手很長。

---

6) 妳的腿很漂亮。

句型｜主詞＋動詞（avoir）＋名詞

3-3 ｜ Comment on dit en français ? 用法語怎麼說？ 法翻中

MP3-082

1) Tu as les yeux ronds.

---

2) J'ai un gros nez rouge.

---

3) Elle a les yeux bleus.

Astuce 文法一點通｜

- 一般而言，形容詞通常放在名詞後方：名詞＋形容詞。
- 但若是 **bon, beau, joli, petit, gros** 則放在名詞之前。

3-4｜Essayez de traduire. 小試身手。中翻法

1) 他的姊妹有藍色的大眼睛。

---

2) 他有一個方形的臉。

---

3) 他們有黑色的頭髮。

句型｜主詞（身體部位）＋動詞（être）＋形容詞

3-5｜Comment on dit en français ? 用法語怎麼說？法翻中

MP3-083

1) Tes yeux sont ronds.

---

2) Mon nez est grand.

---

3) Ses yeux sont bleus.

3-6 | Essayez de traduire. 小試身手。 中翻法

1) 他姊妹的眼睛又大又藍。

---

2) 他的臉是方的。

---

3) 他們的頭髮是黑色的。

Astuce 文法一點通：

有兩種方式來描述一個人：

· Il a les cheveux noirs. 他有黑色的頭髮。

· Ses cheveux sont noirs. 他的頭髮是黑色的。

· 句型｜avoir mal à＋身體部位 (n.) 覺得……痛

1. 句型｜主詞＋動詞（avoir）＋mal à la＋陰性名詞
(其中 à la 不變)
2. 句型｜主詞＋動詞（avoir）＋mal au＋陽性名詞
(ex.：~~à le~~ ventre → au ventre)
3. 句型｜主詞＋動詞（avoir）＋mal aux＋複數名詞
(ex.：~~à les~~ jambes → aux jambes)

3-7 | Comment on dit en français ? 用法語怎麼說？ 法翻中

MP3-084

1) Je suis un peu malade. J'ai mal à la tête.

---

2) Mon frère a mal au ventre.

---

3) J'ai mal aux jambes après le sport.

4) Ils ont très mal aux pieds après l'exercice.

Note 注解：

- après (prép.) 之後
- le sport (n.m.) 運動
- l'exercice (n.m.) 訓練
- un peu (adv.) 一點、一些
- malade (a.) 生病的
- mal (n.m.) 痛

3-8 | Essayez de traduire. 小試身手。 中翻法

1) 他有一點生病了。他喉嚨痛。

2) 我的母親經常（souvent）背痛。

3) 她們雙手痛。

4) 我的祖父在健行過後（après la randonnée）感到膝蓋疼痛。

3-9 | Chanson 歌曲

MP3-085

« Tête, épaules, et genoux, pieds, genoux, pieds »

Tête, épaules, et genoux, pieds, genoux, pieds,

Tête, épaules, et genoux, pieds, genoux, pieds,

J'ai deux yeux, deux oreilles, une bouche et un nez.

Tête, épaules, et genoux, pieds, genoux, pieds.

4. Test 測驗

4-1 | Entourez le bon adjectif 圈出正確的形容詞

1) J'ai des cheveux **blancs / blanche.**

2) Il a les yeux **verte / verts.**

3) J'ai un stylo **bleu / bleue.**

4) J'ai des crayons **argenté / argentés.**

5) Ses jambes sont **longs / longues.**

6) Elle a le visage **rond / ronde.**

7) Mon nez est **gros / grosse.**

8) Tes parents sont **gentil / gentils / gentille / gentilles.**

9) Sa petite sœur est **mignon / mignonne.**

10) Sa patronne est **doux / douce.**

4-2 | Mettez les mots dans le bon ordre 排出正確的順序

1) vert / sac / un / c'est / .

____

2) sont / ce / stylos / noirs / des / .

____

3) rouge / trousse / c'est / une / .

____

4) mal / au / elle / a / ventre / .

____

5) une / c'est / jaune / règle / .

6) yeux / tu / les / as / rouges / .

7) ont / ils / mal / aux / très / pieds / .

8) tu / as / la tête/ - / à /mal / ?

9) cheveux / et / ses / courts / sont / bruns / .

10) de ma sœur / et / les yeux / grands / sont / bleus / .

5. Script 影片劇本 法翻中

5-1 | Elle a des yeux noirs.

MP3-086

Eva : C'est ma petite sœur, elle s'appelle Noëlie.

Elle est petite et mince. Elle a les cheveux noirs, elle est brune. Elle a des yeux noirs. Elle est jolie et douce.

5-2 | Qu'est- ce que vous avez ?

MP3-087

Docteur : Qu'est- ce que vous avez ?

Blandine : Docteur, je suis malade...

Docteur : Vous avez mal où ?

Blandine : J'ai de la fièvre, j'ai mal à la tête, j'ai mal à la gorge, j'ai mal aux jambes, j'ai mal partout...

Note 注解：

- avoir de la fièvre 發燒
- partout (adv.) 到處、處處

Notes

Leçon

10 Parlez-vous français ?

您說法語嗎？

1. Vocabulaire 單字

1-1 | Langues (n.f.) 語言

MP3-088

Langues	語言（皆為陽性）	Nationalités	國籍（有陰陽性之分）
le français	法語	français(e)	法國人；法國的
le chinois	中文	chinois(e)	中國人；中國的
le japonais	日語	japonais(e)	日本人；日本的
le coréen	韓語	coréen(ne)	韓國人；韓國的
le vietnamien	越南語	vietnamien(ne)	越南人；越南的
l'indien	印度語	indien(ne)	印度人；印度的
l'anglais	英語	anglais(e)	英國人；英國的
l'allemand	德語	allemand(e)	德國人；德國的
l'italien	義大利語	italien(ne)	義大利人；義大利的
l'espagnol	西班牙語	espagnol(e)	西班牙人；西班牙的

2. Grammaire 文法

2-1 | Verbes du premier groupe 第一類動詞

以 -er 結尾

MP3-089

parler	說	chercher	尋找
aimer	喜歡、愛	trouver	找到
étudier	學習、研讀	écouter	聽
travailler	工作、用功(學習)	regarder	看、瞧
habiter	居住(在)	arriver	到達
penser	想、思考	passer	經過

2-2 | Conjugaison 動詞變化

a. 「第一類動詞」變化規則

去掉字尾 -er 後，依人稱加上 -e / -es / -e / -ons / -ez / -ent。

· parler 說

MP3-090

je parle	nous parlons
tu parles	vous parlez
il / elle / on parle	ils / elles parlent

ex. 法翻中：

· 問句 1：Vous parlez chinois ?

= Est-ce que vous parlez chinois ?

= Parlez-vous chinois ?

· 答句 1：Oui, je parle chinois et je parle aussi un peu français.

· 答句 2：Non, je ne parle pas chinois. Je parle anglais.

Astuce 文法一點通｜

· parler ＋語言，省略定冠詞（le）

· aimer ＋名詞

· aimer 喜歡、愛

MP3-091

j'aime	nous aimons
tu aimes	vous aimez
il / elle / on aime	ils / elles aiment

ex. 法翻中：

· J'aime le sport.

· J'aime la France.

· Elle aime le chocolat.

· Je t'aime.

· Je vous aime.

· Est-ce que vous aimez le français ?

---

b. 練習

Essayez de conjuguer les autres verbes du premier groupe. 試著變化其他的第一類動詞。

· travailler 工作、用功（學習） MP3-092

je	______	nous	______
tu	______	vous	______
il / elle / on	______	ils / elles	______

ex. 法翻中：

· Mon père travaille de 9h à 18h.

· Ma mère travaille comme professeur.

· Ma sœur travaille bien.

Note 注解：

· de... à 從……到……

· jusqu'à (prep.) 直到

· un travail (n.m.) 工作

· des travaux (n.m.pl.) 工程

· travailler comme ＋職業 從事……職業

· étudier 學習、研讀 MP3-093

j' ______ nous ______

tu ______ vous ______

il / elle / on ______ ils / elles ______

ex. 法翻中：

· Qu'est-ce que tu étudies ?

______

· J'étudie le français.

______

· habiter 居住（在） MP3-094

j' ______ nous ______

tu ______ vous ______

il / elle / on ______ ils / elles ______

ex. 法翻中：

· 問：Vous habitez où ?

= Où est-ce que vous habitez ?

= Où habitez-vous ?

______

· 答：J'habite à Paris.

______

· penser 想、思考（penser à ＋人 想到某人） MP3-095

je ______ nous ______
tu ______ vous ______
il / elle / on ______ ils / elles ______

ex. 法翻中：

· *Je pense, donc je suis. - de Descartes*

______

· Je pense à toi.

______

· chercher 尋找 MP3-096

je ______ nous ______
tu ______ vous ______
il / elle / on ______ ils / elles ______

ex. 法翻中：

· 問：Qu'est-ce que vous cherchez ?

______

· 答：Je cherche mon stylo-plume.

______

· 問：Tu cherches qui ? (= Qui cherches-tu ?)

______

· 答：Je cherche le grand frère de Florence.

______

· trouver 找到 MP3-097

je ______ nous ______

tu ______ vous ______

il / elle / on ______ ils / elles ______

ex. 法翻中：

· Je ne trouve pas mon sac.

______

· *Je voudrais trouver l'amour, simplement trouver l'amour.*

« Paroles – Je m'appelle Hélène » 歌詞

______

Astuce 文法一點通｜ MP3-098

vouloir (v.) 想要、想（第三類動詞）

je veux 我要 (je voudrais 我想要) nous voulons

tu veux vous voulez

il / elle / on veut ils / elles veulent

與 je veux（現在式）的語氣相比，口語中使用 je voudrais（現在條件式）用來表達較委婉的語氣。

· écouter 聽 MP3-099

j' ______ nous ______

tu ______ vous ______

il / elle / on ______ ils / elles ______

ex. 法翻中：

· Qu'est-ce que vous écoutez ?

· Nous écoutons de la musique.

Astuce 文法一點通｜

· aimer la musique 喜歡音樂（用定冠詞表整體）

· écouter de la musique 聽音樂（用部分冠詞表示一部份）

· regarder 看、瞧 MP3-100

je	______	nous	______
tu	______	vous	______
il / elle / on	______	ils / elles	______

ex. 法翻中：

· Qu'est-ce qu'elles regardent ?

· Elles regardent la télé (en ligne).

Note 注解：

· la musique (n.f.) 音樂

· la télé (n.f.) 電視（télévision的縮寫）

· en ligne 在線上

· la gare (n.f.) 火車站

· le train (n.m.) 火車

· arriver　到達　MP3-101

j' ______ nous ______
tu ______ vous ______
il / elle / on ______ ils / elles ______

ex. 法翻中：

· On arrive à la gare à dix heures.

______

· Le train arrive à 16 heures.

______

· passer　經過　MP3-102

je ______ nous ______
tu ______ vous ______
il / elle / on ______ ils / elles ______

ex. 法翻中：

· A：Est-ce que tu passes par la boulangerie ?

______

· B：Oui.

______

· A：Peux-tu acheter du pain ?

______

・B：Ah, d'accord. Une baguette ou deux ?

・A：Deux, s'il te plaît.

Note 注解：

・pouvoir (v.) ＋不定式 (inf.) 可以……、能……

・pouvoir (v.) 可以、能夠

je peux, tu peux, il / elle / on peut, nous pouvons,

vous pouvez, ils / elles peuvent

・acheter (v.) 買

ex.：acheter du pain 買一些麵包

・la baguette (n.f.) 長棍麵包

・d'accord (adv.) 同意、好的

2-3 | Test 測驗

・Conjuguez les verbes entre parenthèses.

請寫出正確的動詞變化。

1) Jacques ____________ (travailler) bien à l'école.

2) Emma ____________ (chercher) un travail.

3) Ils ____________ (regarder) un match de foot à la télé.

4) Elle ____________ (parler) trop fort.

5) Je ____________ (penser) aller en France l'année prochaine.

6) Nous ____________ (habiter) au Canada, et vous ?

7) J'____________ (arriver) !

8) Qu'est-ce que tu ____________ (chercher) ?

9) Qu'est-ce que vous ____________ (étudier) ?

10) Les élèves chinois ____________ (écouter) bien leurs professeurs.

Note 注解：

- un élève (n.m.) 男學生
- une élève (n.f.) 女學生
- fort (adv.) 用力地
- aller en France 去法國
- l'année prochaine 明年

- Texte à trous selon les verbes ci-dessous. MP3-103

請用下列動詞填空並做動詞變化。

regarder - habiter - parler - étudier - étudier

Louane est une étudiante chinoise. Elle ____________ le français à ILFBC et elle ____________ dans une famille d'accueil française à Bourges. Pendant la journée, elle ____________ le français avec ses camarades chinois et l'anglais avec les lycéens français. Le soir, elle est avec sa famille. Ils ____________ français et ils ____________ la télé française. C'est une immersion totale ! C'est génial pour apprendre une langue.

Note 注解：

- une famille d'accueil (n.f.) 接待家庭
- pendant (prép.) 在……期間
- un camarade, une camarade 同學
- une immersion (n.f.) 沉浸
- total(e) (a.) 完全的、全部的

Note 注解：

- génial(e) (a.)
  很棒的、超棒的、天才的
- apprendre (v.) 學習
- une langue (n.f.) 語言

3. Script 影片劇本

Qu'est-ce que tu regardes ? 法翻中　　MP3-104

Eva：Qu'est-ce que tu regardes ?

Adam：Je cherche un professeur.

Eva：Qui est-ce que tu cherches ?

Adam：C'est un professeur de français. Elle est grande et mince, elle a les cheveux blonds et courts.

Eva：Ah, c'est Mme VOISIN. Elle est là !

Adam：Merci.

Eva：De vien.

Leçon

11 J'aime le cours de français.

我喜歡法語課。

1. Vocabulaire 單字

1-1 Cours au lycée 高中課程

MP3-105

cours (n.m.) 課程、lycée(n.m.) 高中

le français	法語	la chimie	化學
l'anglais	英語	la physique	物理
les maths	數學	la biologie	生物
la musique	音樂	la philosophie	哲學
le sport	體育	les arts plastiques	藝術課
les SVT (sciences de la vie et de la Terre)			地球生命科學
l'histoire-géo (l'histoire et la géographie)			史地

1-2 Options (n.f.) 選修課程

l'allemand	德語	le chinois	華語
l'espagnol	西班牙語	le latin	拉丁語

2. Grammaire 文法

2-1 | Verbes du premier groupe 第一類動詞

· adorer 熱愛

MP3-106

j'adore	nous adorons
tu adores	vous adorez
il / elle / on adore	ils / elles adorent

ex. 法翻中：

· J'adore manger.

· J'adore la cuisine française.

Note 注解：

· la cuisine (n.f.) 菜餚、烹飪、廚房

· 依照發音的規則，閉音節變開音節，所以 é 變成 è。

· préférer 較喜歡

MP3-107

je préfère	nous préférons
tu préfères	vous préférez
il / elle / on préfère	ils / elles préfèrent

ex. 法翻中：

· Vous préférez le thé ou le café ?

· Je préfère le café, elle le thé.

· danser 跳舞 MP3-108

je ____________________ nous ____________________

tu ____________________ vous ____________________

il / elle / on ____________________ ils / elles ____________________

ex. 法翻中：

· Est-ce que vous aimez danser ?

____

· Oui, j'aime danser.

____

· Nous dansons dans le salon.

____

Astuce 文法一點通｜

aimer, adorer, préférer 用法相同

· aimer + nom（名詞）

· aimer + infinitif（不定式）

· manger 吃 MP3-109

je ____________________ nous mangeons [為了發音保留« e »]

tu ____________________ vous ____________________

il / elle / on ____________________ ils / elles ____________________ ex. 法翻中：

· Qu'est-ce que vous aimez manger ?

· J'aime manger du fromage.

Note 注解：

· le salon (n.m.) 客廳

· le fromage (n.m.) 乳酪

3. Script 影片劇本

3-1 | Qu'est-ce que tu étudies ? 法翻中

MP3-110

Adam : Qu'est-ce que tu étudies ?

Eva : J'étudie le français.

Adam : Aimes-tu étudier le français ?

Eva : Oui, j'aime beaucoup étudier le français.

Adam : Tu parles chinois ?

Eva : Oui, je parle chinois, je suis taïwanaise.

Adam：J'apprends le chinois.

Eva：Tu parles chinois ?

Adam：一點點。（中翻法）

Eva：很棒！（中翻法）

Astuce 文法一點通｜

· étudier (v.) 主修、（專心）學習

· apprendre (v.) 學、學習（第三類動詞）

J'apprends	Nous apprenons
Tu apprends	Vous apprenez
Il / Elle / On apprend	Ils / Elles apprennent

· taïwanais (a.) 台灣的

3-2 | Qu'est- ce que vous préférez étudier cette année ?

法翻中

MP3-111

Blandine : Qu'est- ce que vous préférez étudier cette année ?

Mathéo : Je préfère les matières scientifiques, j'adore les maths !

Blandine : Et, vous ? Laure et Paul, qu'est- ce que vous aimez ?

Laure : Je préfère les matières littéraires, et j'adore le chinois !

Paul : Moi, je préfère le sport ! J'aime beaucoup faire de l'escalade et du foot !

Note 注解：

- cette année 今年
- les matières scientifiques (n.f.pl.) 理科
- les matières littéraires (n.f.pl.) 文科
- l'escalade (n.m) 攀岩

Leçon

12 Ça s'appelle comment ?

這個叫什麼？

1. Vocabulaire 單字

1-1 | Fleurs (n.f.) 花朵

MP3-112

le lys	百合花	la lavande	薰衣草
l'iris	鳶尾花、藍蝴蝶花	le tournesol	向日葵
le muguet	鈴蘭花	la rose	玫瑰花

1-2 | Autres vocabulaires de cette leçon 本課其他單字

MP3-113

le nom (nom de famille)	姓名（姓氏）	le téléphone	電話
le prénom	名	le numéro de téléphone	電話號碼
la nationalité	國籍	maintenant (adv.)	現在
la profession	職業	noté (a.)	寫下來了、記下來了
l'adresse (n.f.)	地址	la naissance	出生
l'e-mail = le courriel	電子郵件	la date de naissance	生日
l'adresse e-mail (n.f.)	電子郵件位址	le lieu	地點
épeler (v.)	拼讀	le lieu de naissance	出生地
@=arobase (n.f.)	小老鼠	marié(e) (a.)	已婚的
le numéro	號碼	disponible (a.)	有空的

2. Grammaire 文法

2-1 | Adjectif interrogatif 疑問形容詞

quel（哪一個的，什麼樣的）:

Quel ＋動詞（être）＋主詞 (sujet)?

形成疑問句型，quel 的陰陽性、單複數要與主詞配合。

	Singulier 單數	Pluriel 複數
Masculin 陽性	quel	quels
Féminin 陰性	quelle	quelles

2-2 | Verbe 動詞

s'appeler（名叫⋯⋯）：稱為 le verbe pronominal（反身動詞）

動詞本身帶有反身代名詞稱之為「反身動詞」。

反身代名詞有 me, te, se, nous, vous, se。

Conjugaison 動詞變化 MP3-114

je m'appelle...	nous nous appelons...
tu t'appelles...	vous vous appelez...
il / elle / on s'appelle...	ils / elles s'appellent...

3. Faire des phrases 句型

句型｜Quel + 動詞 est（être） + 陽性單數主詞（sujet）(n.m.s.)？

句型｜Quelle + 動詞 est（être） + 陰性單數主詞（sujet）(n.f.s.)？

句型｜Quels + 動詞 sont（être） + 陽性複數主詞（sujet）(n.m.pl.)？

句型｜Quelles + 動詞 sont（être） + 陰性複數主詞（sujet）(n.f.pl.)？

句型｜問：Comment + 動詞（s'appeler） + 主詞？

句型｜問：主詞 + 動詞（s'appeler） + comment ？（口語）

句型｜答：主詞 + 動詞（s'appeler） + 名字

MP3-115

口語式的問句：comment 放在句尾

Je m'appelle comment ?	Nous nous appelons comment ?
Tu t'appelles comment ?	Vous vous appelez comment ? （用 vous 稱呼對方時，避免口語式問句）
Il / Elle / On s'appelle comment ?	Ils / Elles s'appellent comment ?

MP3-116

正式的問句：comment 放在句首

Comment je m'appelle ?	Comment nous nous appelons ?
Comment t'appelles-tu ? 也可以說 Comment tu t'appelles ?	Comment vous appelez-vous ? 也可以說 Comment vous vous appelez ?
Comment s'appelle-t-il ? Comment s'appelle-t-elle ?	Comment s'appellent-ils ? Comment s'appellent-elles ?

3-1 | Comment on dit en français ? 用法語怎麼說？ 法翻中

MP3-117

1) Quel est votre nom ?

2) Quel est ton métier ?

3) Quelle est votre nationalité ?

4) Quels sont tes loisirs ?

5) Quelles sont tes couleurs préférées ?

6) Comment t'appelles-tu ?

7) En français, ça s'appelle comment ?

8) Ça s'appelle une fleur de lys.

3-2 | Essayez de traduire. 小試身手。 中翻法

1) 你的法文名字是什麼？

2) 你的職業是什麼（哪一種）？（une profession）

3) 您叫什麼名字？（如何稱呼您？）

4) 你喜歡的顏色是哪一個？（une couleur）

5) 這個叫做鈴蘭花。

Note 注解：

en ＋語言＝用……語言

4. Script 影片劇本

Prendre un rendez-vous. 法翻中 MP3-118

1) Comment vous appelez-vous ?

Je m'appelle Adam.

2) Quelle est votre nationalité ?

Je suis français.

3) Quelle est votre profession ?

Je suis étudiant.

4) Quelle est votre adresse e-mail ?

Mon adresse e-mail est ilfbc@esbc.fr

5) Pouvez-vous m'épeler ?

Oui, I-L-F-B-C-@-E-S-B-C-.-F-R

6) Quel est votre numéro de téléphone ?

Mon numéro de téléphone est le 02 48 50 96 60. (zéro deux, quarante-huit, cinquante, quatre-vingt-seize, soixante)

C'est noté.

7) Quelle est votre date de naissance ?

Ma date de naissance est le 7 mars.

8) Quel âge avez-vous ?

J'ai dix-huit ans.

9) Quel est votre lieu de naissance ?

Mon lieu de naissance est Bourges.

10) Parlez-vous chinois ?

Je parle un peu chinois.

11) Est-ce que vous êtes marié ?

Non, je ne suis pas marié.

12) Quand serez-vous disponible ?

Je serai disponible lundi à 14 heures.

Note 注解：

quand（疑問詞） 何時、當……時

Astuce 文法一點通 | MP3-119

· être（是）的未來式字根為 -ser...，＋字尾 -ai / -as / -a / -ons / -ez / -ont

je serai	nous serons
tu seras	vous serez
il / elle / on sera	ils / elles seront

ex. : Je serai disponible. 我（將會）是有空的。

Gastronomie 美食篇

Aimez-vous la gastronomie française ? 喜歡法國美食嗎？

MP3-120

1. La baguette
   法國長棍麵包

La baguette, c'est le riz pour les Français.
長棍麵包是法國人的米飯。

2. Le croissant
   牛角麵包、可頌

Un croissant et un café, c'est le bonheur du matin.
一個可頌和一杯咖啡，是早晨的幸福。

3. Les crêpes
   法國薄餅

Quand on mange des crêpes, on boit du cidre.
吃法國薄餅時，得喝蘋果氣泡酒。

4. La bûche de Noël
聖誕木柴蛋糕

La bûche est le dessert du repas de Noël.
木柴蛋糕是聖誕大餐的甜點。

5. La quiche lorraine
洛林鹹派

La quiche lorraine est salée, pas sucrée !
洛林鹹派是鹹的，不是甜的！

6. La bouillabaisse
馬賽魚湯

La bouillabaisse est la soupe de poissons de Marseille.
「Bouillabaisse」是馬賽的魚湯。

7. Le croque-monsieur
庫克先生（咬先生）
香烤火腿乳酪三明治

Bonjour Madame et Monsieur
先生女士好

8. Le croque-madame
庫克女士（咬女士）
香烤火腿起士三明治加蛋

Vous voulez un croque-madame ou un croque-monsieur ?
您們是要來一份咬女士，還是咬先生呢？

9. Le foie gras
鵝／鴨肝醬

Le foie gras d'oie est cher, mais le foie gras de canard n'est pas cher.
鵝肝醬很貴，可是鴨肝醬不貴。

10. Le bœuf bourguignon
勃艮第紅酒燉牛肉

Meilleur avec du vin rouge de Bourgogne.
搭配勃艮第紅酒更好吃。

11. Les escargots de Bourgogne
勃艮第蝸牛

C'est pas beau, mais c'est bon !
不好看，可是很好吃！

12. La ratatouille
普羅旺斯燉菜

Pas pour les rats !
不是給老鼠吃的！

13. Les tomates farcies
番茄盅

Pour ceux qui n'aiment pas les légumes.
給不喜歡吃蔬菜的人吃的。

14. Le cassoulet
卡酥來砂鍋

Comme à la campagne.
就像在鄉村一樣。

15. La choucroute
酸菜醃肉香腸鍋

Le kimchi français.
法式泡菜。

16. Les huîtres
生蠔

C'est bien vivant !
真的是生的！

17. Le magret de canard
鴨胸

Meilleure cuisson, c'est rosé !
最好吃的火候，是半生不熟！

18. Le pot-au-feu
火上鍋、法式蔬菜燉牛肉

Le pot-au-feu, c'est vraiment un pot sur le feu !
火上鍋，真的是擺在火上煮的一鍋菜喔！

Annexe 附錄

1：法語字母讀音

A	B	C	D	E
〔a〕	〔be〕	〔se〕	〔de〕	〔ə〕
F	G	H	I	J
〔ɛf〕	〔ʒe〕	〔aʃ〕	〔i〕	〔ʒi〕
K	L	M	N	O
〔ka〕	〔ɛl〕	〔ɛm〕	〔ɛn〕	〔o〕
P	Q	R	S	T
〔pe〕	〔ky〕	〔ɛ:r〕	〔ɛs〕	〔te〕
U	V	W		
〔y〕	〔ve〕	〔dubləve〕		
X	Y	Z		
〔iks〕	〔igrɛk〕	〔zɛd〕		

2 : Alphabet phonétique 音標

voyelles 母音		voyelles nasales 鼻母音		semi-voyelles 半母音		consonnes 子音	
[a]	sac	[ɛ̃]	un impossible	[j]	soleil	[b]	bonbon
[ə]	je	[ɑ̃]	enfant	[w]	oui	[p]	Paris
[i]	ami	[ɔ̃]	non	[ɥ]	nuit	[d]	douze
[o]	beau					[t]	thé
[ɔ]	bonne					[g]	goûter
[y]	une					[k]	qui
[e]	clé					[f]	photo
[ɛ]	père					[v]	vin
[u]	nous					[s]	ça
[ø]	euro					[z]	zéro
[œ]	heure					[ʃ]	cher
						[ʒ]	jeu
						[l]	le
						[r]	lire
						[m]	pomme
						[n]	donner
						[ɲ]	champagne

3：法語音標範例

音標	字母	舉例
母音		
[a]	a, à, â	la（定冠詞），quatre（四），là（那裡），âge（年紀）
[e]	es（單音節）	mes（我的），tes（你的），ses（他的）
	er, ez（在字尾）	manger（吃），assez（足）
	é	clé（鑰匙），été（夏天）
[ɛ]	e + 兩個子音	elle（她），Espagne（西班牙）est（être 動詞的變化）
	è, ê	père（父親），fête（節日）
	ai, aî, ei, e（在閉音節中）	vrai（真的），maître（主人），seize（十六），merci（謝謝）
	et（在字尾）	ticket（車票）
[i]	i, î	il（他），six（六），ami（朋友），île（島）
	y（在兩個子音之間）	stylo（鋼筆）
	y（句子中的副代詞）	On y va !（我們走吧！）
[o]	eau	eau（水），beau（英俊的），beaucoup（很多、非常）
	ô	hôtel（旅館）
	o（在開音節字尾）	métro（地鐵），numéro（號碼）
	o（在發音 [z] 前面）	chose（東西）
	au	aussi（也）

[ɔ]	o	donner（給），comment（如何），encore（還、再），bonne（好的）
	au（在某些字中）	Paul（保羅），au revoir（再見）
[u]	ou, où	nous（我們），vous（你們、您、您們），où（哪裡）
	aoû	août（八月）
[y]	u	tu（你），université（大學），une（一個）
	û	sûr（確定的）
[ø]	eu	deux（二），euro（歐元），heureux（幸福的）
	eu（在發音 [z] 前面）	gazeuse（氣泡的）
	œu	vœu（願望）
[œ]	eu	neuf（九；新的），heure（點鐘）
	œu	sœur（姊妹）
[ə]	e（在單音節中）	le（冠詞），je（我），ce（這）
	e（在開音節中）	repas（餐、飯）
	e（前有兩個子音）	vendredi（星期五）
鼻母音		
[ɔ̃]	on, om	on（我們、大家），bon（好的），bonjour（日安），mon（我的），nom（名字），non（不），long（長的），onze（十一）
[ɑ̃]	an, am	an（年、年齡），dans（在……裡面），champagne（香檳）
	en, em	enfant（小孩），temps（時間、天氣）
	aon	paon（孔雀）

[ɛ̃]	in, im	vin（酒），impossible（不可能的）
	aim, ain, ein	faim（餓），pain（麵包），plein（充滿的）
	ym, yn	sympa (a.inv.)（俗）給人好感的、令人喜悅的，synthèse（綜合摘要）
	un, um	un（一），parfum（香味）
半母音		
[j]	ill	fille（女孩），travailler (v.)（工作）
	il（在母音後）	travail（工作），soleil（太陽）
	i（在母音前）	avion（飛機）
[w]	ou（在母音前）	oui（是的），ouest（西）
[ɥ]	u（在母音前）	lui（「他」的重讀音代名詞及受詞），huit（八），juillet（七月）
子音		
[p]	p, pp	Paris（巴黎），petit（小的）
		apprendre（學習）
	b（特例）	absent（不在的、缺席的）
[b]	b	beau（英俊的），robe（洋裝），table（桌子），bon（好的），bonbon（糖果）
[t]	t, tt	tu（你），attendre (v.)（等候）
	th	thé（茶），théâtre（戲院）
[d]	d, dd	idée（主意、想法），douze
		（十二），addition（增加）

[k]	k	kilo（公斤）
	qu（在母音前）	quoi（什麼東西），quand（什麼時候），qui（誰），quel (a.)（哪一個的）
	ch（在母音後）	Zurich（蘇黎世）
	c（在 a, o, u 前）	camarade（同伴、同學），cuisine（廚房、烹飪）
	cc（在 a, o, u 前）	d'accord（同意），occupé（被佔用的、忙碌的）
	c（在子音前）	classe（等級、課程），croire（相信）
	c（在字尾）	sac（包、袋子），avec（和）
	q（在詞尾或 û 前）	cinq（五），piqûre（打針）
[g]	g（在 a, o, u 前）	garçon（男孩），goûter（品嚐），légume（蔬菜）
	g（在子音前）	glace（鏡子），grand（大的）
	gu（在 e, i, y, 前）	langue（語言），guide（導遊）
	c（特例）	seconde（秒）
[f]	f, ff	café（咖啡），France（法國），affaire（問題、事情），affaires（個人的衣物）
	ph	photo（照片），téléphone（電話）
[v]	v	vous（你們、您、您們），vin（酒）
	w（特例外來語）	wagon（車廂、貨車）

[s]	ç（在 a, o, u 前）	français（法語），ça（這）
	s, ss, c（在 e, i, y 前）	salon（客廳），passer（通過），merci（謝謝），ce（這）
	x（在少數字尾、字中）	dix（十），six（六），soixante（六十）
[z]	z	zéro（零）
	s（兩個母音之間）	rose（玫瑰），saison（季節）
	x（特例）	sixième（第六），dixième（第十）
[ʃ]	ch（在母音前）	Chine（中國），chat（貓）
	sch	schéma（圖表）
[ʒ]	j	je（我），déjà（已經）toujours（總是、始終），joli（漂亮）
	g（在 e, i, y 前）	argent（錢），rouge（紅色）
[l]	l, ll	il（他），aller（去），ville（城市），mille（千）
[r]	r, rr	riz（稻、米飯），regarder（注意看），cher（親愛的），arriver（到達）
[m]	m, mm	magasin（商店），pomme（蘋果），comment（如何）
[n]	n, nn, mn	animal（動物），banane（香蕉），sonner（鈴聲），année（年），automne（秋天）
[ɲ]	gn	champignon（蘑菇），campagne（鄉村），champagne（香檳酒），accompagner（陪同）

組合音

[wa]	oi, oî	moi（「我」的重讀音代名詞），trois（三），froid（冷的），avoir（有），boîte（盒子）
[wɛ̃]	oin	moins（較少），loin（遠）
[jɛ̃]	ien	bien（好），rien（什麼也沒有），de rien（不客氣），italien（義大利人）
[tsjɔ̃]	tion（在字尾）	attention（注意），tradition（傳統）
[stjɔ̃]	stion（在字尾）	question（問題），digestion（消化）
[ks]	x（在某些字中）	taxi（計程車），taxe（稅款）
[ɛgz]	ex（在字首，且有母音緊隨）	exactement（準確地）
[ɛks]	ex（在字首，且有子音緊隨）	extérieur（外面的）

外語學習系列 110

法語好好學 I

Méthode FLE ILFBC-ESBC France Tome I

作者｜法國中央區布爾日天主教綜合教育學院(ESBC)、
蔣若蘭（Isabelle MEURIOT-CHIANG）、
陳玉花（Emmanuelle CHEN）
責任編輯｜潘治婷、王愿琦
特約編輯｜陳媛
校對｜蔣若蘭、陳玉花、Blandine VOISIN、陳媛、
潘治婷、王愿琦

法語錄音｜ Céline BEAULIEU-CAMUS
Olivier MEURIOT
封面繪製｜蔣若蘭（Isabelle MEURIOT-CHIANG）
封面設計、版型設計、內文排版｜格瓦尤

瑞蘭國際出版

董事長｜張暖彗
社長兼總編輯｜王愿琦

編輯部
副總編輯｜葉仲芸
主編｜潘治婷
設計部主任｜陳如琪

業務部
經理｜楊米琪
主任｜林湲洵
組長｜張毓庭

出版社｜瑞蘭國際有限公司
地址｜台北市大安區安和路一段 104 號 7 樓之一
電話｜ (02)2700-4625
傳真｜ (02)2700-4622
訂購專線｜ (02)2700-4625
劃撥帳號｜ 19914152 瑞蘭國際有限公司
瑞蘭國際網路書城｜ www.genki-japan.com.tw

法律顧問｜海灣國際法律事務所　呂錦峯律師

總經銷｜聯合發行股份有限公司
電話｜ (02)2917-8022、2917-8042
傳真｜ (02)2915-6275、2915-7212
印刷｜科億印刷股份有限公司
出版日期｜ 2022 年 10 月初版 1 刷
2024 年 07 月初版 2 刷
定價｜ 420 元
ISBN ｜ 978-986-5560-84-3

國家圖書館出版品預行編目資料

法語好好學 I Méthode FLE ILFBC-ESBC France Tome I /
法國中央區布爾日天主教綜合教育學院（ESBC）、
蔣若蘭（Isabelle MEURIOT-CHIANG）、
陳玉花（Emmanuelle CHEN）編著
-- 初版 -- 臺北市：瑞蘭國際，2022.10
144 面；19×26 公分 --（外語學習系列；110）
ISBN：978-986-5560-84-3（平裝）

1. CST：法語 2. CST：讀本
804.58　　111013477